庆祝中国共产党成立 100 周年朗诵诗选

百年颂歌

《诗刊》社 ◎ 选编

李少君 ◎ 主编

中国言实出版社

图书在版编目（CIP）数据

百年颂歌/《诗刊》社选编；李少君主编 . -- 北
京：中国言实出版社，2021.6
ISBN 978-7-5171-3413-8

Ⅰ . ①百… Ⅱ . ①诗… ②李… Ⅲ . ①朗诵诗—作品
集—中国—当代 Ⅳ . ①I227

中国版本图书馆 CIP 数据核字（2021）第 112192 号

出 版 人　王昕朋
责任编辑　肖　彭
责任校对　冯素丽

出版发行　**中国言实出版社**

地　　址：北京市朝阳区北苑路 180 号加利大厦 5 号楼 105 室

邮　　编：100101

编辑部：北京市海淀区花园路 6 号院 B 座 6 层

邮　　编：100088

电　　话：64924853（总编室）　64924716（发行部）

网　　址：www.zgyscbs.cn

E–mail：zgyscbs@263.net

经　　销　新华书店

印　　刷　北京温林源印刷有限公司

版　　次　2021 年 7 月第 1 版　　2021 年 7 月第 1 次印刷

规　　格　880 毫米 ×1230 毫米　1/16　19.25 印张

字　　数　310 千字

定　　价　89.00 元　　ISBN 978-7-5171-3413-8

目 录

第二辑　激情岁月

第三辑　雄壮足音

第四辑　最美时代

第一辑

红色交响

兴业路：睁开中国的眼睛

——写在党的一大会址

桂兴华

那一天，历史的大幕被悄悄拉动

拂晓，先驱者准备澎湃的冲锋

一群不曾合眼的红色幽灵

在最漆黑的夜，睁开了中国的眼睛

穿着布长衫的毛泽东

捐出仅有的一件皮袄的董必武

新民学会的何叔衡，毕业于英语班的陈潭秋……

一批最早的播火者，代表当年的53名党员

彻底改写了旧世界的冬

这些燃烧的音符，出自不屈的心

长征中的你即使沉默，也胜过喧闹的钟

哪怕是中断的密码、鏖战的动态、更新的短讯

都绵延成火红的地标、记忆的高峰

终于有了一柄铁锤能砸开锁链

有了一把银镰，能聚拢遍地的收成

你穿过魔都交错着千万条江河的马路

故意压低铿锵的叩响，默默通知了黎明

兴业路：觉醒的路因人出名
风尘盖不住的，是土布鞋留下的脚印
就像进城的农民工挤在木板床
整合几个小山冲，开始对大城市频频敲门

并不是为个人索取财富
而是为探求真理而献身
汹涌的新思潮问倒了一道道板着脸的门
你那时并不图谋中心，却慢慢占领了中心

就在这 18 平方米客厅的餐桌边
你喝过的茶杯，留下了这个组织特有的余温
你坐过的板凳，供给了一个昂首挺胸的阶级
同一旗帜下举起的右手，变幻出一代代心声

一支中国特殊的武装
从那份宣言的字里行间召唤了这一群
耳边，总有那一片低矮的屋檐下老农的咳嗽
眼前，总有那一条含泪的巷道中颤动的矿灯

当热烈的讨论遭到突然的搜捕
你就转移到游船上的京剧与麻将的嘈杂声中
有前途的秘密就不怕转移
转移，为了坚守必将公开的茂盛

这么多年了，远行的导师依然在沉思
黄浦江、南湖边的旋律，没有被裹入风尘
坚冰即使顽固，已经被一一打破
路线虽然转移，但坚信自己的前程

你像冲下在云雾里弯了又弯的娄山关
又像登上在灯笼下不狂不慌的天安门
你是我爷爷挂满勋章的传奇，在诉说从前
你是我儿孙系上领巾的惊喜，又连续生动

在任何季节，你都是最有力的动员令
当初奋起战壕里激烈的火
今天又洒下彩伞上精致的雨
更是把天边的树叶都染绿的春风

此刻，在这样一个柳色宁静的早晨
你掠过林立的井架、脱贫后的麦浪滚滚
越过升级的大厦、招商的环球中心
又与高速公路上的车队一起，测量体温

既能航向未来最远、最远的港湾
又使 1921 的向往，每分每秒不在颠簸中下沉
嘹亮的你，何时不在梦的身边
凝聚这么多美好，永远有不会忘却的回声……

七月，站在时空里眺望（节选）

峭 岩

一

七月，从南湖水面腾起的

是什么

不仅仅是十三个人的心灵之翼

不仅仅是钢铁铸就的誓言

那是神鸟扇动的翅膀

是铁锤敲击大地的诗句

意志和意志氧化之后

形成的一种庞大的物体

我认定它是一团红

铺天盖地，无所畏惧的红

红的意境，在七月

得到了最完美的诠释

它在霞光中染色

它在枪炮声中淬火

飞进山村，飞进僻壤

缭绕在庄稼的腰杆上

浸泡在机床的轰鸣中

人们在心上捧着它

从南湖

捧到雄鸡一唱天下白

我认定，红是我们的底色
是我们不二的初衷

二

我走在一条路上
风乍起，我望见一片红
是我大脑的瞬间意境
那一片红飘向八月的天空
开了一次会议
关于枪的哲学得到确认
枪就是一个支点
它可以转动地球

于是，我延展这样的情节
南昌城握紧它
第一枪穿透旧世界的乌云
第一枪是无产者扣动的扳机
是被压迫者射向三座大山的子弹
顽石终于破裂了

意境延伸到更远方的广阔
那团红飘向九月的田野
庄稼举起了刀剑
泥腿子撕掉捆绑的绳索
向旧军阀的老巢进击
一路烽烟

我仿佛看到那红的神性
飘向寒舍茅屋
飘向街巷港湾
飘向草地沙漠
飘向大地河山
我不知道怎么调动我的词语
给红一个合理的诠释

三

冥冥中有一条征路
它横陈在我的心空上
从记忆凸显出来
在鲜花、欢声、热烈中陶醉
它让我回首并冥想

诚然，它是七月以后的情节
我已看到草地的那堆白骨
雪山坡道上的篝火还在
铁索桥上的匍匐枪声逼近
山里的孩子等待春天

一条铁索，又一条铁索
拉紧不屈与死亡
不畏子弹的人掉下河水
他的呐喊撕裂乌云
肯定有七月的子弹

我似乎接住了他坠落的声音
在我赶路的心跳里

四

看到天空一闪一闪的亮色了吗
那是我的翅膀
飞越一切谎言的垃圾
去寻找一个真实

是的
法式建筑的二层小楼
有一盏小油灯的执守
这里有一场历史的争论
大概是七月的走向

我记得一片森林的沉默
之后
鸟儿都飞向四方
一只鹰起飞了
它飞过娄山关的云雾
又搅动赤水河的睡梦

一个战役分成四截
都在一条河上布阵
一个声音手叉腰说
霜晨月，马蹄声碎……
而今迈步从头越……
残阳如血……

五

七月，在这里打了一个"结"

在黔北的一个山城——遵义
我有了这样的意境
把赤水翻了四个来回
之后，"结"打开了

赤水，红了
红成一条御敌于千里之外的绳子

六

去看七月的延河吧
宝塔立在山上的最高处
有鸽子绕空而飞
这是我喉结里的动词
我说不出峁畔上山丹丹的美艳
只对一片城堡敬礼

它们在季节里拔节
在谷雨里分蘖
旧的窑洞转身而华丽
新的楼厦向生而挺拔
孩子们都是自己的太阳
在家园里成长

我认定这些大大小小的事务
都有一个根基
叶有叶脉
水有源流
是不是那个流火的季节
托举了它们的身躯

红船使命与中国丰碑（组诗）

孙凤山

中国红船：引领世纪航向 耸立永恒丰碑

那晚南湖的桨声被黑色笼罩

但划出了一个民族开天辟地的伟大构想

一湖圣水溢满敢为人先的光芒

任由真理打包首创精神

最初的吃水线刻上永不干涸的向往

与太阳一起装载中国红，点亮文明曙光

镰刀和锤头交叉的几何图形

支撑一个伟大民族磅礴的力量和希望

不断抬升着枪杆子的高度和热血的鲜红

湖水荡漾，滋润枪杆子最初的刚强

打着绑腿的黑暗转过身来

黎明便从天安门城楼冉冉升起

不老的中国红在五湖四海起伏波澜

那是一个真理和一个实践融合的不朽高度

不变的初心在湖水中回声嘹亮

南湖水洗涤不老的初心，热爱在起伏

一只浆划出耀眼的立党为公航向

一只浆划出永恒的忠诚选择

沿着南湖起航的中国红

在红色的信仰中追逐光明。红色的政权

叠加红色的根据地。红色的南瓜汤

以红色的希望,红色的东方构建两个一百年文明

时刻为人民,并以人民的名义

红船划过一百年风雨沧桑和铸就的辉煌

把一个真理和一个实践相结合

把红旗插遍所有的高地。红船驶过的

每一段航程,都是站起来的中国丰碑

一路随行的真理在新世纪返青、开花、结果

滋润初心,打磨使命,践诺中国梦

跟着中国红行进,夺取的都是最后胜利

中国速度:我用动车当画笔

一笔千里烂漫,一眼万顷风光

早上的太阳花迎着动车笑了,却在傍晚绽放

高速度点验一个个车站,划过繁忙和阳光

合拍了风流,打包了所有里程与沧桑

快节奏远方,素描所有吉祥

一笔一画掠过城市乡村,一撇一捺闪过绿水青山

我用动车当画笔,描摹两行平行诗行

就这么奔流,一路临摹共和国几十年辉煌

蘸着风驰电掣,染着平稳康健航向

天空下的哲学,大地上的美学任由我沿路铺展

从世纪新潮出发,深入两个一百年最美时光

朝发夕至,跑得最快的都是最美的绝响

呼啸而来。流韵丰满，一路穿梭向往
大江南北蝶变只用目光就可以刷新
两地的距离顷刻压缩为零，又漫过万水千山
在秀山丽水间弹奏和谐神曲与繁荣乐章

距离和旗帜高过头顶，高速度校验所有信仰
再薄的车票也能溯古延今，衔接美妙远方
桥墩站成大地的惊叹号，恪守联手规范
枕木躺成坚强的破折号，支撑奉献的力量
两行诗行蜕变成坚硬的骨头，永远平行与理直气壮
高速度定格诗情画意，输送四通八达的繁忙
两点就是一线，伸延大地的辽阔
在风驰电掣里描摹诗情画意，打理岁月

装载繁荣昌盛，能拥抱和牵手的地方
都驻守着苦等与叠加的知音和内心的辞章
我用动车当画笔，大地当稿纸，写就激越的诗行
动车串联遍地繁华，打磨速度与效益
奔流高科技、新技术、新设施、新设备
穿透沃野的广博、社会的安康、生活的芳香
一路泼墨或勾勒，大地赐我一块画板
重新定义祖国山水画卷铺展的和沁咏叹

动车啊再快一点，不然我描绘不尽崛起的形象
诗行啊再延伸，不然我阅读不尽几十年灿烂
总是在邀约、期盼和欣慰中呼啸
留下一页页速度、征程、效益和运量
总是穿透春播种、夏耕耘、秋收获和冬蕴藏
留下风驰电掣和众望所归的如意吉祥
再现中国节奏，诗行一样犁开飞速和梦想

大地上所有空白就这么一个个被激活

中国深度：奋斗者号潜水器提携蔚蓝的世界

我无法拒绝下潜，更无法打捞海沟绝响
唯有跟随奋斗者号潜水器，提携千百年蔚蓝的世界
每一米深海的蓝都在蛟龙号潜水器中策马扬鞭
追逐几十年辉煌，百年大计，千年梦想，万余米深度
从 7103 救生艇到奋斗者，一路划开历史波澜
下潜自信，浮出世纪心声、民族骄傲和时代强音

奋斗者潜水器盛装乾坤，自有筋骨，安放海天
沉下去，是几十年叠加的实力；浮出的，是世界创举
马里亚纳海沟丛生着深深的黑暗和神秘
只有奋斗者潜水器，能够收割高科技挑战深渊的所有
幽灵鲨等待了 4 亿年，等成了活化石
坐底的 10909 米深度，终于等来了人间奇迹

海沟有多深，奋斗者号就有多近，只隔一个海
水声通信机有多远，奋斗者号潜水器里就有多少诗
潜水器机械手伸缩，触摸海沟休止符
高清摄像机定格海沟千年沧桑，也定格播种的美
从海沟采样，到搜集微生物，潜水器一举一动
不是养心的佛、养身的道，就是养性的禅、养国的儒

就让我下潜，打磨科学生活和中国精神
反正，深潜的不是播种中国潮，就是收获世纪美
从井冈山、长征精神，到南泥湾，西柏坡精神
哪一段路不写满不怕牺牲、勇往直前、百折不挠
从红旗渠、抗洪、抗疫精神，到奥运、载人航天精神

哪一段路不铺满坚忍不拔、众志成城、团结奋进

目不暇接的海沟，深藏黑暗，也窖藏神秘的灿烂
水色已变、海沟已变、神秘已变，只是初心不变
海沟是深潜人的第 207 块骨头，是名词与代词
也是动词。潜水器把诗和科学种在海沟，孕育春天
下潜自豪，沉浮世界目光、万千期待与仙境
状写地球一路风光、生命绝响、海沟美学、世纪表情

中国高度：战鹰翱翔和平　安宁　赢

在蓝天，战争是添加的，速度也是添加的
目标打磨。亿万顷安宁和蓝天会拖住世界视线
放行或飞翔。采摘经纬网新世纪之爱
中国战鹰属于中国军威，不需说出爱的年龄
放飞目光。不管是什么心情、航线和高度
把中国新型战机拥有的时空染旧，把根留住

歼 20。轰 20。武直 9。一年修炼，百年好合
飞跃时空，在蓝天命定所有的参数，祈求和平
每条航线都有血有肉，像坚韧的母亲
如灯塔光芒万丈，守着航程里的亲切和惊羡的目光
主权。国威。军威。制空权。只要有号令
就会释放翱翔梦，只留下胜利、和平、安宁、赢

战鹰用不变的初心和现代科技，擦拭蓝天
共和国的领空一眼千年，植根和平，更预约胜利
风吹不偏航向。唯有信念定格蓝天、信心安放祖国
有梦的航线，必将描绘共和国纯净、清澈的蓝天
用翱翔蓝天的安宁，寻觅永久的和平

用过硬军事、严明纪律、优良作风捍卫神圣、安宁、赢

共和国战鹰，接纳翱翔，国威尊严，军威神圣
强国梦与强军梦共存，中国品牌直刺苍穹
领衔速度和目标，远离喧嚣。谁也不会闭上眼睛
一次次翱翔蓝天，兑现承诺，飞出中国军威
耀亮空中名片和中国自信。让光彩啮合亿万顷蓝天
战鹰佳话，把国威、军威一遍遍飞播新世纪

从新世纪繁荣富强和平安宁里起飞，弧线很优美
在这种弧线里打赢一切，中国战鹰一往无前
云是心情，蓝是不想碰的净。战争，我们可以不要
但要以拥有永久的和平、共有的安宁为前提
中国战机领衔安宁。仗，我们可以不打
但要以确保永久的安宁、共有的安宁为基础

红色，1921

钟正林

1921 年，金色的光临照生命的摇篮临照高举的手臂

临照奔腾的江河和鲜艳的花朵

你的红色和锤头镰刀劈出的雄鸡引吭的版图

一支时间和历史铸成的巨大火炬飘然而至

英特纳雄耐尔——1921

1921，一群人一群中国最优秀的人在上海汇聚

在上海法租界望志路[1] 的一间房子里

十五条汉子围坐在长方形的餐桌上

一个民族的图腾将以锤头镰刀为标志

一颗巨星就要在他们中间升起

一张重新绘制的中国版图就要从那张小小的

长方形餐桌上延伸开去

苦难的黄浦江感觉到了

整个上海的每一扇窗户感觉到了

空中正划过隐隐的雷声

7 月 23 日晚 8 时，一个划时代的时刻终于来临

这个夜，天空点燃所有的灯盏

无数熟睡的人的梦被一种光划亮

没有谁能阻挡它夺目的光没有谁能阻挡历史必然的进程

没有谁，法国警察和军阀密探都不能

---

[1] 今上海市兴业路。

它的底座是五岳三山是华夏的龙骨

它的同谋是巴黎公社社员墙下那些呐喊的灵魂

是西西里的纺织工是尼罗河伏尔加

是王小波李顺李自成洪秀全是斯巴达克斯

是黄河里同沉船一起长眠的勇士

是共产国际的列宁尼克尔斯基马林

还有千千万万受苦受难的江河

千千万万被压迫被奴役的人们

所有的闪电所有的风暴所有的黑夜中

闪烁的星

嘉兴的南湖记着，那条担负了伟大使命的游船记着

那凝固在长城上空的瞳孔和钟山岩页中长眠的手臂

当然也记着

那一群中的耶稣和犹大、烈士和逃兵

所有的风和秘密传递消息的花都记着

于是，在那张长方形的餐桌和游船上

整个中国看见了巨龙的身影听见了巨龙款款的呼吸

它正在醒来，睁开睡眼，向着崭新的船体

向着穿满弹孔的国门向着印满兽迹的海岸

那些鸦片和火药，血腥和锁链生长的海岸

它看见婴孩在饥饿中死去

蓝眼珠太阳旗的强盗在凌辱它的女儿瓜分它的宝藏

它看见了正义倒在血泊中暴力坐在镶花的交椅上

无穷无尽的耻辱和痛苦啊，无穷无尽的灾难

它要醒来它要怒吼它要腾飞它要砸掉身上的枷锁

站起来，复仇，雪耻，夺回家园

1921，一颗红色巨星划过夜空

驱散淫雨和阴霾

一个新世纪的雄伟轮廓从东方冉冉升起

倾听时间的足音叩响历史的台阶

倾听一群人以强大的肺活量呼吸并荡响桨声

倾听一个巨人在勺形的北斗下拨正航船的方向

清除船舵上的羁绊和锈迹

倾听一支红星照耀的队伍穿越万水千山

倾听红色赤化最顽固的堡垒倾听星星之火燎原中国

请求火山和海洋都静默

请求大地和森林都静默

请求中国每一颗饱满的麦穗和露滴每一声鸟啼都静默

1921，火中的凤凰振翅飞来

锤头镰刀特写在红色天空巨大的屏幕上

一群人在高喊一群人在弹雨中在绞索下

在血泊中在江河里岩石内火焰上高喊

"英特纳雄耐尔一定要实现！"

镰刀与铁锤的结合

——一支和历史有关的交响曲

洪 烛

一 镰刀之歌

我歌唱镰刀，这古典的农具

属于诗经，阳光下的田野乃至所有的庄稼

属于夏天和秋天，让人心跳的季节

在这块古朴的土地上

胼手胝足的父老乡亲，至今沿用着它

剖析粮食的前身，粮食的原始意义

使稻子变成米，小麦变成面粉，劳动变成爱情

获得了过渡。在星罗棋布的村庄上空

一弯神圣的新月永远悬挂

镰刀以锋利著称

敏锐的思想，使成熟的庄稼拜伏于脚下

根据农历的安排，它追随犁、锄头、播种机

而最终超越了它们的总和。它象征着收获

这是所有劳动的终极目的

镰刀是古老农业的别名

它构成中国漫长且多梦的童年

一代又一代的镰刀
在田野上默默出生，在田野上默默老去

镰刀也会入睡，一觉就是千年
它擅长与土地亲近
一柄锈迹斑驳的镰刀，曾经在
蒙昧与文明、怯弱与坚定、古老与年轻之间
徘徊。它的苏醒需要借助磨刀石的启发
炉火与铁锤重新冶炼，以及更多的一些什么

一九二八年，一场以秋收命名的起义
就是醒来的镰刀所掀起的

二 铁锤之歌

铁锤象征着什么
这个问题很久以后我才搞清楚
它象征重量和力量、创造、纯粹乃至启蒙
（包括对镰刀的锻炼和教育）
以及更多饱含阳刚之气的字眼

象征着年轻。年轻的理想、年轻的动作
使沉睡的中国获得新鲜的血液
一张朝气蓬勃的脸，被炉火映红
借助于铁锤，认识事物的本质，精华及其新生
（它砸碎的是这一切的对立面）

还象征着醒来，一双醒来的手
伸向了它，然后向着黑暗，沉寂和愚昧挥去
它高高地举过中国的头顶

溅起黎明的漫天火星，在世界的东方

一九二一年七月，在中国苍茫大地
这沉默的铁砧上，一块特殊的锻件
就要诞生。随着铁锤的挥舞
这一次锻炼经历了整整七十年

三 镰刀与铁锤合奏

镰刀与铁锤，代表着农业和工业
代表着劳动。这一对孪生兄弟
铁的禀赋，钢的气质，构成其间的共性
我因之感受到冲天的炉火，麦浪翻卷的原野
以及中国掌心厚如铁的手茧

那是一个创造神话的日子
革命，分别用自己的左手和右手
掌握着它们，使之获得双倍的力量
简单的动作，却改变了一个国家的命运

镰刀与铁锤相遇，结合在一支
叫作国际歌的旋律里，结合在一面旗帜
所宣布的无限的天空
铁锤一次次严格地锻炼镰刀的思想
使之保持锋利、灵敏。而镰刀
也喂养了挥动铁锤的那只手
这就是铁锤与镰刀之间的辩证关系

直至：铁锤打造出五颗星星
而镰刀圆满地收获了一九四九年的那个秋天

在为人民服务的田畴里播种使命

赵 琼

一颗植入了人民基因的

种子，在百年前那个七月

由热血和阳光，播进

一个主义的田垄

正因为要长出

镰刀和锤头的坚硬

从而去背负

一座江山的凝重

一群屹立于东方的

先辈，以头颅的形制

将它种在了铁里

让炽热的坚定

和坚韧的忠勇

统统，在一层又一层汹涌的

波浪之中，淬炼

信仰的赤诚

于是，那些

生长于湖岸的稻菽

和布满湖心的莲藕

纷纷，在秋天和收获的路口

随从于一册《纲领》

并将所规划出的民主、自由

自强和当家作主

应有的图景

全都置于为人民服务的

田畴之中

并一代一代地，尽己毕生

哺育怀抱之中每一寸山河的

欣欣向荣

一百年的筚路蓝缕

一百年的岁月峥嵘

一百年的前赴后继

一百年的赤胆历程

当昔日拦路的大江和大河

全都被那面旗帜所穿越的

雪山和草地

一起，由奉献的热血

尽数染红

所有的祥云和白鸽子的翅影

将一面旗帜的红

如霞光一般

铺满长空

在这种景况下，一柄

来自滚滚洪流的锤头

与一把，专事供养的镰刀

将人民利益的航灯

再一次，高擎

将南湖碧波里

那以引领为己任的
桨橹声声
还播种于使命
还收成于民众
用鞠躬尽瘁的凛然
和全心全意的纯正
将一个民族从崛起山顶
引向复兴的巅峰

赣语吟唱着红色的谣曲（组诗）

叶江南

南昌：英雄城的蝶变

走进南昌，就走进了一本红色封面的诗集
诗集中的每一首诗，都被先辈的鲜血濡染过
我们阅读，其实就是传承，就是
踩着红色的足迹，沿着红色的路线，继续向前
就是哼唱着那些流传下来的旋律
继续吟咏，缅怀一份情感，追忆一份信仰

枪声，炮声，枪炮声，在八一起义纪念馆里
以图像和声音的形式，定格在历史的心房
而车声，人声，车水马龙的城市交响
则用繁忙与繁华，书写着英雄城的诗意与精彩
是的，走进南昌，左脚停留在历史的苍茫
而右脚，则要在新时代的画卷上
走出一个汉字楷书式的刚正与立体，诠释荣光

赣江流韵，铺展我暗喻的情愁和乡愁
红色，是这座城市最美的修辞，以红色为底色
然后去勾勒，去素描，展示山水风流
展示工业园区和高新技术开发区的炫彩与华芳
我看见，清风取出一枚晶亮的词牌

落在赣鄱大地的抒情诗章之中，提纯母语歌谣

一首被岁月磨砺的史诗，成了这本诗集
最精彩的章节，那章节里，所展示的，是
感恩的花朵盛开出气象的恢宏，我在八一广场
将花朵捧在怀里，献给创业者和开拓者
是的，和平年代的战场，和战争年代一样
都值得铭记和歌咏，没有枪炮声
无声的拼搏与奋斗，沉淀着一座城蝶变的奥义

井冈山：绿水青山就是金山银山

从绿色的树荫，打开一座山的精神信仰
从一朵花，寻找革命队伍会师时的激情与昂扬
从新时代的命题，看见绿水悠悠
看见青山披上了鸟语和花香，看见山河中
一面面旗帜，鲜红、耀眼，飞翔着
不仅仅是一个国家的幸福表情
还是一种精神，一个图腾，一份深深的眷恋

中国革命的摇篮，抽出绿色的藤蔓
缠绕着新时代向上的红色光芒，我看见
那些用金色和红色编制出的幸福密码
装点着每一个心怀虔诚的追随者的心头
在井冈山，绿水青山就是金山银山
生态的井冈山，诗意的字词，自己奔跑着
点亮心灯，辉映出山水里的革命旋律

巍巍井冈，绿色的诗典，红色的巨著
它耸立着，就把家国之美，凝结在册页之中

而它重塑的山水之美，更像是走向了
一种新生，走向了一次新的华丽转变
我看见抒情的风，落在象征的雨里，变成了
枝头上的春天，蓬勃而葱郁

典雅与锦绣，在这里汇聚，纯美与匠心
在这里储存。走进生态之美重塑的井冈山
我仿佛看见，一幅美图，引领着目光
走向乡愁的根部，走向红色的血统
给眺望远山的人，以辽阔，给展望未来的人
以赞美诗的验证，那是诗画中的意象浓缩

瑞金：红色故都抒怀

一座宁谧的小城，接近，就是重返那个
火红的年代。红色故都，缩小的红色政权，宛如
一粒红色的种子，将革命与理想，延伸
那些逝去的名字，共和国的奠基者
漫长的历史与征程，总不忘溯源与回望

在瑞金，与老红军攀谈，颤抖的话语中
依然铁骨铮铮，刚劲十足，物质生活发生了
翻天覆地的变化，精神世界，依然需要
在革命年代和战争年代的风云中
进行着灵与肉的洗礼，是的，让心灵的翅膀
飞向炮火声声里的红都，更有疼痛切肤的体会

从瑞金出发，走完两万五千里的长征
就换来了新的胜利，起点就是金色的原点
就是一支巨笔书写出的红色岁月

词汇中有山河，岁月中有理想，光辉的足迹
从起笔的那一刻，就有了完美的浓缩

依旧从瑞金出发，从新的思考里继承
传统与质朴，继承精神世界的富足，继承
有营养的食粮，是的，伫立在瑞金城
仿佛拥有了竹子的气节和吃苦的品性
万里长征需要在心里再走上一遍
从瑞金出发，走出更为开阔的一片天地

井冈山：一座高峰的硬度（组诗）

杨启刚

夜读《西江月·井冈山》

此刻是秋天，丹桂飘香，红叶漫山

祖国的江山，杉黄枫红，层林尽染

清溪农舍掩映其中，金色的稻穗

给田野铺上了浓浓的秋装

我站立在巍峨峻拔的黄洋界，夜，愈来愈深

远处的点点星光，早已把我澎湃的激情点亮

此刻，游人已经散去，群山莽莽

只有我，仍然一个人坚守在这片山岗

我不需要嘈杂的声浪，来影响我一个人的冥想

我只需要一首雄浑有力的诗歌

来支撑我在人世活着的力量

我永远记住，九十年前的八月三十日

一场硬仗，悄然在这里打响

红军不到一个营的兵力啊

打退了敌军四个团兵力的疯狂进攻

那密集的子弹，此刻仍然还在我的耳畔呼啸而来

黄洋界保卫战，让我真切地看到了一支军队的英勇与顽强

看到了九十年后，穿过枪林弹雨的那面锤头与镰刀的旗帜

在960万平方公里的土地上，仍然鲜艳地迎风飘扬

此刻，乘着夜色，我放声朗诵
"山下旌旗在望，山头鼓角相闻。
敌军围困万千重，我自岿然不动。
早已森严壁垒，更加众志成城。
黄洋界上炮声隆，报道敌军宵遁。"
此刻的天穹，一轮满月，把大地朗照得一片明亮

弹指一挥间啊，九十个春秋过去了
只有这首诗，成为我奔赴井冈山的号角
成为我登上黄洋界唯一的途径
在这个秋天里，万山红遍

四月在十里杜鹃赏花

井冈山的春天，比任何一个地方都来得早
红色，永远是这里春天的焦点
你瞧，十里杜鹃傲然绽放的时节，万紫千红
五指山下，井冈山杜鹃，云锦杜鹃
鹿角杜鹃，猴头杜鹃，相约梳妆

它们妩媚多姿的神态，色彩绚丽的衣裳
让我想起那年我那名叫"杜鹃"的红军姑姑
在井冈山，她们身手矫健地攀上高高的笔架山
沿山脊两侧竞相开放，高峻的山崖间啊
从此形成了一道亮丽的十里杜鹃长廊
在战斗的间隙，成为红军战士心中美好的渴望
在和平年代，成为一座山峰的戴花新娘

那么多年过去了，姑姑啊

您的名字早已与满山的红杜鹃融为一体

在每座山巅，在红军营房的门前

在通往摩天岭的曲折小径上

都有你们璀璨绽放的笑容与英姿飒爽的红装

迎来每个春花烂漫的季节

成为寒冬走向暖春的旗帜

成为一座高山的指针与走向

在这个夜晚，我也即将启程

奔赴井冈山的心脏，那春天里满山的红杜鹃

早已成为这个季节的主题

成为这个春天不可替代的主角

成为我永远仰视的另一种力量

在黑夜里，它像一堆堆燃烧的篝火

把苍茫世界的背面——照亮

井冈翠竹里的绿色风情

很多年前，我就在小学课本里读到您的名字

那时，我还不明白绿色的森林里，翠竹的含义

直到今天，当我不远千里来到这里

那漫山遍野流淌的绿啊

让我在红豆杉、银杏，半枫荷

以及白豆杉、白栎树的身旁

重新看到了您挺拔的雄姿

楠竹，方竹，淡竹，观音竹，寒竹

苦竹，凤尾竹，实心竹，毛竹

一百多种翠竹啊，让我看到了竹的虚心与世界

看到了竹的清雅与高洁

在朱德的竹扁担上，我又看到了竹的坚韧与沉实

责任与刚强，在江西老表的餐桌上

我看到了小山竹炒香菇，肚尖酸菜炒冬笋

更看到了翠竹里溢满的幸福、充实与春天

抿一口醇香的井冈老窖，再打开一瓶花雕贡酒

挟一筷喷香的腊肉炒小竹笋，静坐在翠竹的怀抱里

红米饭和南瓜汤，便成为这个春天里

颜色搭配最合理的诗歌

当漫山遍野的翠竹，高过天上的云朵

那绿色的清风，让我在翠竹的世界里

看到了绿色的海洋，是如何一点一滴地

让我清亮的眸子，在这个季节里慢慢地苏醒与湿润

在列宁小学（外一首）

芦苇岸

薜荔团结在一起的征象盘根错节
它们生息的百年土垣
一头连着列宁小学，一头连着历史

万人广场早已不辱使命
那些倔强的小草和石子表明
这方热土，怎样基础扎实
近旁的方志敏希望小学，书声琅琅
有多少脱贫后的村民后代
坐在窗明几净的教室，眼里的光
像薜荔果鲜亮在秋雨里

我默默走近列宁小学的拱形门
站在那里，蹙眉沉思，像一个遗存
现在，这所学校空着。我无法
感知它曾经的盛况，但思想的种子
已经从这里散播到广阔天地

万千想象，如葳蕤的薜荔
扎根在我的脑海里，旁边
方志敏希望小学铃声响起，提示我
加大对薜荔的注视投入
它们那么团结，果实饱满，沾满雨水

月照红军梯田

许多年前，月光被镰刀和锄头开垦

安放在崇山头的坡地、台原

像嘶哑的喉管喊出明晃晃的誓言

红军梯田，因命名崭新

成为红色基因，革命者的日月星辰

受时间检阅，在每一个昼夜

接受光阴的洗礼

今夜月光照着我，照着我走在田埂上

沾满露水的脚印

移动的稻草，把自己带离

回忆的语境，进入收割的现实

勤劳的山民，发扬颗粒归仓的传统

光荣刻录他们的脸

操作电动犀斗的双手

兑现又一季仓廪实的每个白天

险途之光·第一支赞歌

纪　学

首先应该赞扬的是人民

我的芸芸小草，我的株株大树

我的粒粒泥土，我的块块岩石

支撑着无边的蓝天永不坠毁

谁都以人民的名义举起旗帜

可谁能真正得到人民的心

我又从那些盈满泪水的目光里

看到了恋恋不舍的真情

送行的歌声醇酒一样浓烈婉转

一代代传唱，始终没有变味

拨动老年人的心弦，青年人的情怀

站在路旁挥动双手的人

是父母，是哥嫂，是妻子，是儿女

呵，是他们

毫不迟疑地收容了造反者

献出红米饭南瓜汤喂养饥饿

献出破旧衣裳抵挡霜风寒冷

送上自己可爱的男儿女儿

以及自己所有的一切

壮大了这一支队伍

星星之火，可以燎原

人民才是浇满油的干柴

在投放的火星下燃烧熊熊火焰

无论怎样的暴雨也扑不灭

有了人民就有了岩石

有了岩石就有了火种

春风一吹就又升起大火

驱散重重寒冷和黑暗

正义的鸟儿，自由的鸟儿

处处都有绿色的大树

人民就是浓密无边的绿叶

在红军所过之处，所走路上

饥色苍白的人捧出仅有的粮米

送上仅有的盐巴和油菜

拆下门板窗棂架设浮桥

铺筑条条通往前方的路

留下的是美好的记忆

那一副副救护伤员的担架

连接起一条长长的路

那些养过伤的农家茅屋和房东

生命与财产一起化为灰烬

伤员后来当了将军

而送情报的少男少女们

被血泊淹埋了如花年龄

凡是红军经过的地方

都有撼人心魄的故事发芽生长

偷偷掩埋起来的红军坟哟

年年春来墓草青青，香火旺盛

每一座坟墓都是一个美丽的神话

父亲讲给儿子，儿子又讲给儿子

开放永不衰败的花朵

芳香着春夏秋冬四季

首先应该赞扬的是人民

是他们养育了一支军队

诗的语言长自于血的土壤

人民，只有人民

才是创造历史的主人

得民心者得天下

失民心者失天下

历史老人不停地说

记住这些话，记住这些话

长征，长征

徐敬亚

在中国，在东方
苦难是宽广的，像土地一样无边无际
在东方，在中国
希望也是宽广的，无边无际——
有多少时光的储藏，就有多少美妙的色彩
和音响

在一块古老的土地上
在苦难与希望之间——有一条道路！

全世界都知道这一条路，都知道
银白的雪峰、凹陷的草地和曲折的水
炮火。硝烟。饥饿。昏迷的高烧和黄昏
中国！就是咬紧了牙关
从这条路上走过来的，走！一步一步
从疟疾、草根和呻吟的绷带中走出来
三十万双脚和枪声和信念一起
走了整整一年。整整的五千年中的一年
……很多很多的血。搏斗。遗言
以及美丽的微笑
倒在路上，还有不肯闭上的眼睛
还有不肯放松的枪和渐渐僵硬的骨节

百年
颂
歌

中国！就是这样咬紧了牙关
在最疲惫的时刻也没有丢掉枪！
一步一步，创造了比万里长城还长的奇迹

谁也不相信，这些人会胜利
锈迹斑斑的世界，量不出这些人有多么沉重！
这些扛活的，挑担的，半辈子没笑过的脸
这些最贫穷的人，不，还有
放过猪，穿过长衫
懂得历史，懂得夸父与女娲的业绩
写得一手雄浑草书的有学问的人
走，手挽着手
十五年后，他们就要治理中国！
痛苦！翻滚！肠子一样痉挛和纠葛、迂回的路！

半个世纪以前
那路上，没有那么多歌声和震天的口号
天是阴沉的，心像铅，腿也像铅
然而，一切都在流动！流动！
每天都向前。每天，每一丝疲惫都伴着坚定与信仰
为明天而微笑，为土地而咬着嘴唇
因为不单单是为了个人
发炎的伤口也变得崇高而光芒四射！
为了自由的空气属于每个人
为了外族的马蹄印和鞭痕在国土上消失

每一双脚印都在凸起，凸起啊
每一声喘息和呼喊都化成暴风
每一次冲锋都变成箭，变成永不回头的箭

路，延长着，一条身躯接着一条身躯地延长

谁也不相信，东方的光芒从这里升起
古老的倔强，韧性和憨厚
从苦难中发出低沉的光！
中国
走过了最狭窄的长廊
从最微弱的一丝呼吸中爬起来
所有的中国人
从贫穷、屈辱和绝望中爬起来

像泰山绝壁一样挺起！像扬子江一样滚滚向前！

谁都不相信，有钱的人都撇着嘴
但是，路没有断
像三百六十五天一样连着
像每一寸土地和每一寸土地一样连着
在宽广的土地上
他们寻找希望和胜利的微弱的光
——在每一步中都找到了终点
每一步都撞响了民族的灵魂之钟

从南方走向北方
从土地上走入人民的心中
在地图上看，他们是向上走的
向上走的，走向了黄色的高高隆起的高原

谁都不相信，就从这里
会走出中国
走出鲜红的带五星的哗啦啦的旗帜

走出欢蹦乱跳的、孩子般的黎明

走出一片片楼房和一次次震惊世界的消息

从一条紫黑色的路上

扑楞楞地飞出一群又一群洁白的鸽子

全世界都点头承认了这一条路

全世界都记下了一长串的数字

全世界都从这路上认识了中国

认识了中国人的毅力、顽强和不可阻挡

不可阻挡！像那条路永远伸展一样

很多敌人开始害怕了

人们通过狭窄的道路，感到了这块辽阔土地的力量！

全世界都用拇指承认了一批英雄

——在那条路上，曾经走过了

一队真正的将军，一队

中华民族最辉煌的血肉、骨骼和精神

而且，我们不会忘记

那时，有一个伟大的人

魁梧地走在前面……

如今，这条路已经不再狭窄

每一点都横向地在土地上扩展

每一点都向两侧涌出脚印，遍布中国

路，站起来，走遍了东方

全世界都认识它，只要认识中国

就认识它的曲折、壮丽和漫长

如同认识长城、荷马史诗和金字塔

银白色的雪峰。凹陷的草地。曲曲折折的水

衔接着中国的苦难和希望

……在东方，在中国
苦难，曾是宽广的，伸向无边的过去
……在中国，在东方
希望也是宽广的，因为时光无限宽广
在这块古老的土地上
无数条新的道路，正在凸起，凸起
……无数的学者们、女教师、父亲和兄长
会无数次地
把一条路指给后代
指给连我们这一代都成为遥远历史的时刻

告诉给每一个黄皮肤、黑眼睛的孩子吧

……中国的过去是苦的
有一条路，比万里长城还要长还要长
银白的雪峰。凹陷的草地。曲曲折折的水……

如果，沿着这条路，把大地切割开来
会看到，全世界和历史都会看到——
这块古老土地的横断面
宽厚、粗糙、黧黑、纵横的血脉与根须
并且，起起伏伏！
啊，起起……伏伏……
像黄河和长江一样
一条路，在中国的身体里流动
永恒地流动。没有终点，不会停止
永永远远地奔流！奔流
在这块土地上
从过去到现在，从现在到将来……

遵义曙色（外一首）

黄　胜

煤油灯，闪烁其词。火苗

留给夜色一线光亮。枪声后

万籁俱寂。如赤水的忧伤

长江扼守着退路。腹背受敌时

需要避开泥沼。倒下的和未倒下的

筑成铜墙铁壁。但弹孔

镌刻了历史和主义的气节

万马齐喑时需要镇静。夜行需要光亮

灯火是道路的灵魂

然后，步伐紧随。然后，紧随旗帜

告诉黎明，否极泰来的含义

民主，用光芒穿透窗牖

东方既白，鸡鸣不已

你的身躯，是沉默着的山峦

闪电和雷暴。振臂一呼，群山皆响

真理，需要给出巨大的问号

蒙难后的惊醒，更是偌大的感叹号

诱敌深入，避其锋芒，歼其精锐

旌旗八万，直斩阎罗

旗帜，就是前进的方向

一次拍案而起，换来峰回路转

镰刀，锤头，红星照耀。嘹亮的军号

在黎明前吹响。点兵，擂鼓，整装，再出发

鸡鸣三省

苍山如海。硝烟包扎起伤口

一抹殷红的霞彩，为哨兵剪影

草鞋。绑带。疲惫的脸色。目光如炬

汗滴，伤口是旗帜的颜色

已把赤水染红。再把赤水甩在了身后

枪声渐稀，鸡鸣渐起。吹灯

熄灭所有篝火。休整时，不忘战壕

马灯，正挨个检视鏖战的伤痛

布满血色印记的旗帜。残忍如

子弹，穿透风的慵懒。在云贵高原上飞

尖锐，刺耳，沉闷，一片死寂

川、滇、黔，集体陷入沉默

煮沸的水壶在会议桌后，鸣叫

鸡接着鸣。高亢。悠长。陡峭

今夜，亮出躯体所有伤疤和痛

今夜，亟须拨乱盲从，给出艰难的否定

今夜，接近停摆的钟，校准后指针已重走

今夜，勒住盲动的缰绳。弓弩待发

今夜，铁马冰河。潮涨潮落。浅滩

或悬崖上，砾石用低沉的声部衬托鸡鸣

划破三省的夜。启明星，泄露了所有曙光

延安，如果我忘了你（节选）

辛 铭

延安，如果我忘了你

你会弹一弹，弹掉我皱皱巴巴的衣衫上

粘满的灰尘、烟灰和麦糠麸皮

和一张很久很久以前发黄的粮票和一分纸币

我也会在半路上遇见互不相识的父亲

咱们就悄然无声地擦肩而过吧

无须解释我们为什么会邂逅

为什么我会蹲在陕北的黄土高坡上

为什么我会听见一块石头的哭泣

那时我已在祖国大地上放声大哭了五千年

直到新中国诞生，我就回到了起点

回到神圣的延安，跟母亲在一起拉拉家常

她会说："孩子，我的孩子，睡吧，你该睡了。"

延安，如果我忘了你

我定会将自己的头发剃光

看一看到底是哪儿受了伤

竟然会让我失忆，让我忘了你

如果东风不吹

我永远都滞留在家徒四壁

泥巴造的茅草房舍里

我会梦呓连绵

我会在梦里呼唤我的母亲

延安，如果我忘了你

就让我的鲜血化作一片红海

我会在你的血管里重新认识或再次投胎

延安，如果我忘了你

信天游的歌儿是否会有能飞的翅膀？

而我，在祖国的千里冰封、万里雪飘的国土

我想，特别地想向上，如同丹顶鹤报来春天

延安，如果我忘了你

那一定是一个诗人失去手，被夺走了笔

即使我对你袒露了全部的感情

我仍然会怀疑我的真情是否纯洁

我仍然会想起我的祖国的泪和血

是一个民族的记忆，是记忆中的新中国

延安，如果我忘了你

雾霾、迷雾以及朔风会让我瞎了眼

就像黄土高原的穹窿 像一座座窑洞

像大地上高高耸立的永垂不朽的长城

延安，如果我忘了你

今夜，万籁俱寂，宝塔山沉入延河

我依然会看见闪烁着波光的灯塔

会想起走了那么远的路

为的就是在你那里看见你的初心

延安，如果我忘了你

我所有的八月光华和七月哀思

我的吐鲁番的葡萄，哈密的瓜

我的缀满繁星的峡谷和角楼

是否还保留着当初我西出阳关时的

一次饥渴和一次深长的睡眠

或者是我尚不会走路时爬在炙热的泥土上

我当然会闻嗅到充满记忆的母亲的乳香

延安，如果我忘了你

但愿我有朝一日，在忘却中想你

向着黄土高原上的你和众天使的歌

唱出欢呼和赞誉

但愿，我清晰地归从你浩大的心灵

依然留在大地或扎根大地

如同向着太阳的向日葵

但愿我潸然泪下的面容是胜利的微笑

是我们的春天，是我们的时代

延安，如果我忘了你

我就不会一次次地踏入你厚重的苦难

也不会在黑漆漆的夜里看见杨家岭的灯光

和梁家河更加疼痛的月光下的果园

我就不会在更为遥远的他乡聆听你的苦难

如果我忘了你，你会呼唤，会呼喊

哪怕是风雨雪霜，你会举着儿时我的魂魄

揣着曾经的初心和现在的希望

延安，如果我忘了你

我并不认为那是离你而去

而是欢欢喜喜的一次重新出发

南泥湾的玉米

也　人

互联网没有诞生前，网红地便有了
南泥湾，红遍陕北的每一寸土地
黄土高原的好江南，被一遍遍传唱
黄山黄河的激情与斗志，日渐高涨

一代又一代人，循着歌词的发源地
找寻锄头和铁犁，还有战士们的汗
久旱无雨的地，被滋润而开始孕育
庄稼和牛羊在生长，精神也在生长

一条新垦路，几十年越走越宽广
王胡子的霸蛮，是战斗中的刚毅
也是大生产中的柔情，是披荆斩棘

刚冒芽的玉米苗，站立在季节之上
一根根成熟的玉米棒，仍充实着胃
让后来人，同样有了延安那般力量

洛川的路（外一首）

陈国良

1937 年 8 月
通往洛川冯家村的路
并没有随着风起云涌
而省略它的曲折和崎岖

顶着硕大的黑暗
一行人掌着微亮的心灯
摸索前行
要为一条东方巨龙
挣脱夜的囚笼

十大纲领
清晰了内外大势
浓缩了十年征程
从此，方向与方法
把这条路引向正道和光明

这群龙的传人
保持着前世的火性
也有着今生的血性
今天
扛着责任
在大道上前进，前进

枣园回望

清晨

风从枣林穿过

穿过记忆的闸门

吹落战火熏染过的灰尘

晨曦深情地从宝塔划过

我终止对山川的远眺

转身回望

把目光投向枣园枝叶间蕴藏的时光

回望窑洞前的小纺车

掀起了大生产

打碎了封锁线

回望警卫队操场

生死价值的论断

闪耀着为人民服务的光芒

回望书记处礼堂

振臂一挥

对日寇的最后一战坚毅打响

回望窑洞不眠夜

透出窗棂的灯光

把中国的未来和前途照亮

我把回望装订成一本书
再三捧读
写近百年的屈辱入诗
一边回望一边泪殇
绘千万里的江山入画
一边回望一边激昂
把尊严和自强写上
让历史变成力量
用血性和铁肩担当
让迷茫重树信仰

信天游的歌声不绝
安塞的腰鼓声齐响
复兴就在前方
回望枣园
岁月让我们畅想
从这里走出
一个富强的国度
再一次屹立在东方

杨家岭，窑洞里的灯火

梁亚军

在小学的语文课本上，我知道你杨家岭
地理的名词，铭记着不能被忘记的历史
在影像、史料和地图上，我看见你杨家岭
地理的坐标，在指引着革命的圣地
1937年，当中国的大地被侵略和战争蹂躏
黄土高原上，杨家岭的窑洞里一盏盏油灯
也被黑暗围困。那是中华民族最危难的时刻
亿万人民在呼唤。当苦难的历史
选择延安作为革命的摇篮，杨家岭
窑洞里的灯火，也成为家喻户晓的希望
一代伟人在灯下，激扬的文字，指点着革命和江山
当多难兴邦的信念，让革命的火种在这里生根
当星星之火可以燎原的隐喻在指引着人心
我看见一个民族的未来，在灯火中向我涌来
延安，高原一夜，我看见万家灯火
温暖，和平，宁静
仿佛新时代的传灯录和中国梦薪火相传

祖国，我回来了

未 央

车过鸭绿江，

好像飞一样。

祖国，我回来了！

祖国，我的亲娘！

我看见你正在

向你远离膝下的儿子招手。

车过鸭绿江，

好像飞一样，

但还是不够快呀！

我的车呀！

你为什么这么慢？

一点也不懂得

儿女的心肠！

车过鸭绿江，

江东江西不一样。

不是两岸的

土地不一样肥沃秀丽；

不是两岸的

人民不一样勤劳善良。

我是说：

江东岸——

鲜血浴着弹片；

江西岸——

密密层层秫秸堆，

家家户户谷满仓。

我是说：

江东岸的人民，

白天住着黑夜一样的地下室；

江西岸的市街，

夜晚像白天一样亮堂！

祖国呀，

一提起江东岸，

我的心又回到了朝鲜前方。

车过鸭绿江，

同车的人对我讲：

"好好儿看看祖国，同志！

看一看这些新修的工厂。"

一九五三年

是我们五年计划的头一个春天——

春天是竹笋拔尖的季节，

我们工厂的烟囱

要像春天的竹笋一样！

老人们都说：

孩儿不离娘。

祖国呀，

在前线，

我真想念你！

但我记住一支苏维埃的歌：
"假如母亲问我去哪里，
去做什么事情，
我说，我要为祖国而战斗，
保卫你呀，亲爱的母亲！……"

在坑道里，
我哼着它，
就像回到了你的身旁；
在作战中，
我哼着它，
就勇敢无双！

车过鸭绿江，
好像飞一样。
祖国，我回来了，
祖国，我的亲娘！
但当我的欢喜的眼泪
滴在你怀里的时候，
我的心儿
却又飞到了朝鲜前方！

在抗美援朝纪念馆

弦 子

1

一个时代被陈列其中

是水壶。是怀表。是家书
是阵亡通知书。是一只绣花鞋
咳出的血
是一枚子弹的尖叫
是冷兵器时代
历史长出的锈
是共和国的血性与血性的共和国
也是恨

爱恨交织的信仰
与陈列

2

坦克，飞机，大炮
在乌云下列队
收敛起体内的硝烟、战火以及
隐藏在暗处的闪电

历史以一枚铁的方式，安身立命于
结局之中
在辽宁。在丹东。在抗美援朝纪念馆
在庄严的兵器陈列场

看历史
就从轰隆隆的苏式 T34 坦克上看
就从欲飞又止的米格 -15 比斯歼击机上看
就从托举阳光的苏式 122 毫米榴弹炮上看
看侵吞，看撕裂，看铁的伤口愈合后的
人性的光

它们锐不可当！
作为一枚兵器的势力范围，它们和祖国的疼
世界的疼
密不可分

3

抗美援朝纪念塔高耸入云，一组数字
是历史真相的胎记——

塔高 53 米，1953 年朝鲜战争停战
台阶宽 10.25 米，10 月 25 日被永久定格
五层缓步台阶，五次战役的雷鸣声响彻北国
台阶共用 1014 块条石，从过江到停战，1014 个日夜在
燃烧

纪念塔四个角的英雄雕塑，威慑四方

高扬的斧头，铁锤，石头，呼啸的子弹
紧握的步枪，以及一再划破时间的力
他们有着和石头一样忠诚的钙质
他们的目光，比大理石硬，比鸭绿江宽
至死不渝。向上而生。石头的身体里
藏着另一座石头

历史的归途与归途的历史
是一条路

在江西，看，闪闪的红星（组诗）

汪再兴

上栗的烟花为啥不一样

在上栗，每一个人民

心中都有一团火，激情燃烧

每做一件事情，就像地底的岩浆

在眼里，在心底，积蓄智慧和力量

就像杨岐山的山脉，凝固起伏的波浪

挥洒的血汗，如萍水河、栗水河的浪花

所以，每一个上栗人，都最热爱家乡

连说出爱的家乡话，都像鞭炮一样响

表达感情的微笑，更像烟花一样绽放

响着，闪着：中国鞭炮烟花之乡

所以上栗的烟花就是不一样

越是漆黑的夜晚，越要爆发出力量

工农霹雳一声，就是秋收起义

信仰的火光，足以燎原四面八方

巧匠的随意设计，就是傩神的面具

描绘神奇，凸现夜空的神秘和深邃

更别提那些祝福的话和拟物的花

向上，向上，都是幸福的热望

燃烧，燃烧，都是拼搏的荣光

绽放，绽放，都是奉献的辉煌

所以连梦里的家乡都是上栗的烟花
远行的游子，即使远方的远方还是远方
在思乡的梦里，总会不经意爆出上栗
声声喊出：人民！像花火一样

一个地名叫修水

既是缘分，更是福分
要修行，到修水
一个名字让你三生有幸
上善若水，正若修水
到处流淌着水的大道小理
连一弯修河都有 11 条支流
无数的脉络向河谷热烈辐合
形象了一张绿叶，或者一掌手纹
让一种命运和鄱阳湖千丝万缕
更别提汨水，那行吟的屈子
飘飘的长发生动了洞庭的波纹
倒映北幕阜、南九岭
修长的山因水而更加灵动
环绕的群山如黄龙起起伏伏
挽，八山半水一分田
若隐若现着半分道路和庄园
这就是我们的家园，精致着玉碗
勾连九县，盛满鄂湘赣的矿产
在点亮钨丝的中心瞄一眼
不是南昌、长沙，就是武汉
所以生养了诗书双绝的黄庭坚

桃里陈氏，一门五杰，蜚声海外

千百年来，修成了水的个性和胸怀

你若修德，我必柔情似水

如若秋收时节暮云愁

也曾霹雳一声暴动

南昌高新区，一代 3D 打印机 30 年亮出的画图

健步走，在南昌高新区里自由行走

任思绪随风，穿过靓丽建筑的罅缝

目及处，草们树们都在舒臂展胸

有谁看到哪一朵花抬起了头

仰望星空，想象嫦娥 5 号的视角

次第拍摄出神州大地的灯火

并让长江、珠江、闽东南的三角

完美结合！就像脚下的这片热土

因你激情的脚步，而颤动……

三十年，可以只是一个时间的概念

三十年，也可以成就一个伟大的时代

都学会了星星之火可以燎原，可

在豫章故郡，这八一起义的圣地

最初，是哪一颗信仰的火星

坚定地撞击了革命的第一响枪声

而在洪都新府，起先，又是哪一点追求的星火

肯定地点燃了青山湖东岸，火炬广场梦想的火焰

并让朝霞落霞都灿烂，鹜鸟从此不再孤单

长空送秋雁。这长天一色长空万里的画卷

哪一处是容易忽略而又必不可少的前景，在闪现

——用青山湖的绿水，描画了点，勾勒了线

哪一处又是一波三折美不胜收的中景，在变幻

——极尽艾溪湖的泪和瑶湖水的汗

来洇开，并皴擦渲染，直至浓墨重彩

又是哪一处不断，努力壮阔着鄱阳湖的水面

让现在甚或远景的那些延绵不绝的画面

看似隐约轻淡，包罗的，何止又气象万千

然后是眼前！大南昌的东大门终于形象起来

看，高新区的道路、园林、小品、产业园

随扫描的阳光，逐渐立体、生动地凸显

还自然而然，极具组合的材质和美感——

这一代 3D 打印机 30 年亮出的画图，如果

是产研融合建模、低碳粉末逐层打印的成果

是产值的不断突破，绿色创新资源的全面加速

那么，更应当是三十而立英雄无悔的青春如歌

是铿锵的脚步，开拓者奋斗者携手的，气势如虹！

在江西，看，闪闪的红星

在江西，每当我仰望星空

就想起"五星出东方"的锦帛

以及《红星闪闪》的儿歌

默念中，偶尔还数一数

这一颗，是不是飞船"神舟"

那一颗，像不像空间站"天宫"

哪些是"东方红"，哪些是"长空"

哪些又组成了北斗卫星系统

星光闪烁，是否又发射了

火箭"长征"或快递"东风"……

数着数着就失笑，因为也知道

星空浩渺，卫星太小

肉眼当然不会看到

但有心，自然会洞照

而在和平的星空下

我看得更多的

是做饭时燃气灶点火的一瞬

是孩子写作业时翻开的中文课本

是手机或电视开机时礼花的背景

是上班时同事们胸前佩戴的国徽

是会议间走神时摆件上的国旗

是为工作而争论时的唾沫星

是加班到深夜时的眼冒金星

以至回家路上的红绿灯

好像都加装过星棱镜

以及，又想到你时

你那星光晶亮的眸子

和心与心撞击的，永不熄灭

我的歌献给辉煌的七月

陈所臣

七月 阳光和雨水充沛的季节

大海和高山心潮澎湃

笑容和鲜花同时盛开

写满理想和信念的旗帜

铺展开来 展示它无与伦比的

青春光彩

我们看见日出

也看见以江河奔腾的气概

走进纪念碑的无数英雄

血与火的奠基成为永恒的景仰与怀念

七月的歌 更加嘹亮 响彻云霄

——起来 不愿做奴隶的人们

我们唱起春天的故事

继往开来 走进那新时代

我们自豪 为了诞生在七月里的一切

我们荣耀 为了我们的祖国和人民

我们有理由相信 我们开创于七月的伟大事业

相信它光辉与成功的必然

我们有理由相信 我们那些

举着沉重的誓言诞生在七月的人们

相信他们无可更改的无私和坚定

但是　我们同样有理由鄙视和拒绝

那些躲在阴暗角落和乔装打扮精心包装

然后冠冕堂皇　大摇大摆的腐败

罪恶和肮脏

七月的神圣不可亵渎

七月的光荣不容玷污

七月的信念不能动摇

七月健康的肌体　不容许任何

蛀虫和病毒的危害与侵蚀

七月的歌　只能是澎湃的大潮

催人的战鼓　奋进的脚步

七月是我们的信心

七月是我们的责任

七月给了我们无限广阔的视野

我们敞开胸怀　接收八面来风

我们青春的血脉　永远阳光流动

我的歌献给辉煌的七月

献给同样诞生在七月里的我们

一代又一代优秀的共产党人

第二辑

激情岁月

烈火中的永生

——纪念邱少云烈士

唐 力

在时间永恒的记忆里
我们寻找你——

我们在纪念碑的岩石上
寻找你：邱少云
你的名字高峻，依然风骨凛凛

我们在异国的土地里
寻找你：邱少云
你的名字厚重，如大地般深沉

我们在尘封的文字中
寻找你：邱少云
你的名字闪烁，放射永远的光芒

透过六十多年的光阴
我们看到你：

痛苦在你身上熊熊燃烧
你纹丝不动

因为你知道，夺取最后的胜利
要靠磐石般坚定的意志

战争在你身上熊熊燃烧
你纹丝不动
因为你知道，换取和平的天空
必须将生命化为长虹

死亡在你身上熊熊燃烧
你纹丝不动
因为你知道，为了整体的利益
你要牺牲自己……

你：一个普通的人，面对痛苦，多么坚忍
你：一个活生生的人，面对死亡，多么坚定
你：一个有血有肉的人，勇于奉献
你：一个伟大的战士，敢于牺牲
你：一个大写的人，在烈火中永生

今天，你曾经战斗过的土地，一片祥和
野花遍开，灿烂如火
无数和平的鸽子，衔着友爱的种子
在碧玉般的天空，列队飞过

但你必定会再生于祖国的山河
你必定会成为我，成为无数的我
你的热血必定会
跳动在我们的脉搏
像江河一样长流不息，澎湃如歌
共同组成一个——
精神的祖国

光之歌

——献给特等功臣、特级英雄黄继光

姚克连

一提起上甘岭，

我们就会想到一个战士的名字，

他的名字叫黄继光。

一提起舍身堵枪口，

我们就会想到一位英雄的名字，

他的名字叫黄继光。

1952 年 10 月 19 日，

志愿军和美军展开又一轮生死决战，

上甘岭裹着滚滚的硝烟，舔着猩红的血浆。

在千钧一发之际，他犹如一束光，

冲出战壕，扑进敌人狂风骤雨般的火力网，

跃起，趴下，趴下，跃起，

任凭嗖嗖的子弹，雷霆般在身边炸响，

血流如注的身体，劈开一条血染的道路，

22 岁的青春热血，在焦枯的草木上熠熠闪光！

地堡里，喷吐的火舌，吼叫的机枪，

吓不倒他誓死扑灭敌人疯狂气焰的钢铁之躯！

数十米，短短的距离，

把他的胆略和勇气丈量。

一条腿断了，他顽强地撑起自己的每根骨骼，

毅然挺立，俨然怒吼的金刚封住喷射的枪口，

压向恶魔的心脏；

他张开的双臂，俨然鲲鹏展翅，

拥抱正义的彩虹、和平的阳光。

哦，雕塑他！

如何雕塑他英雄的形象？

他生前家里贫穷，没有照过一次相。

雕塑他，就以亿万人心中的缅怀和想象：

他用血肉之躯堵住敌人枪口的姿势；

雕塑他，就以民族之魂铸就的战士，

每根骨骼都百般坚韧，充满必胜的力量；

雕塑他，就以他 1 米 58 的身高，

敦厚朴实，就像家乡的小山包一样。

而他精神的高度，仿佛是珠穆朗玛峰，

他已化作一颗璀璨的金星，

与日月同辉，闪耀不灭的生命之光！

67 年过去了，

他依然和战友们在一起，

军营里到处都有他挺拔的雄姿，激情地歌唱；

无数个黄继光，黄继光班，黄继光连，

在新时代的征途上，砥砺奋进，锻炼成长！

一批又一批怀抱理想、不畏牺牲、

敢打硬仗的新一代战士，

披肝沥胆，抒写人民军队崭新的篇章！

一提起上甘岭，

我们就会想到一个战士的名字，

他的名字叫黄继光。

一提起舍身堵枪口，

我们就会想到一位英雄的名字，

他的名字叫黄继光。

你，浪花里的一滴水

魏钢焰

在这里，
我要唱一个人。

他不是将军，
却立了无数功勋；
他不是文豪，
却写了不朽诗文；
他如此平凡，如此年轻，
像一滴小小的春雨，
却渗透亿万人的心！
为什么啊为什么，
六亿人民的心里，
都念着这个
二十二岁士兵的姓名？

他啊，
是一滴水，
却能够
反映整个太阳的光辉！
他啊，
是刚展翅的鸟，
却能够

一心向着党飞！

他啊，

是才点亮的灯，

只不过

每一分光都没浪费！

他啊，

是刚敲响的鼓，

却能把

每一声都化成雷！

啊，雷锋！

你不为自己编歌曲，

你不为自己织罗衣；

你不为自己梳羽毛，

你不为个人流一滴泪。

啊，雷锋！

你，《国际歌》里的一个音符，

你，红旗上的一根纤维；

你，花丛中的红花一瓣，

你，浪花里的一滴水！

青春！

永生！

壮丽！

看列兵雷锋啊，

一步一个回声，

一步一支歌曲，

直响透

未来的无穷世纪！

你向我们走来

曹宇翔

你向我们走来，在这深秋
喜庆清晨，盛大节日的北京
崭新时代，民族伟大复兴的时代
你从一支童声合唱的歌曲里走来
整洁军装，鲜红领章和五星
啊，还是那副纯朴笑容

向我们走来，永远二十二岁
你永远这样年轻，老人们的孩子
孩子们的叔叔，永远是共和国
军人的战友，永远青春的老班长
在这节日的清晨，大地升起
明媚花枝，霞光托着一片鸟鸣

失去双亲孤儿，小个子汽车兵
有人说你早已去世，在东北抚顺
在 1962 年 8 月，一个民族的心
是你的芳冢。有人说你还活着
搀扶谁家病弱老人，资助贫困儿童
在辽阔大地，常见你忙碌身影

春风化雨的温暖，点点滴滴爱

那是何时啊，你的肩上落满嘲讽
物欲膨胀冷漠，金钱让人发疯
多少犹豫、惊惶，多少愧疚
多少目光飘着硝烟，你要帮助谁
打赢一场场内心的战争

你向我们走来，有无数名字
不是神！来自大众，平凡又普通
在每个人生命里，每日生活里
当驻足凝望，当时代倾听，你是
人类的进步和信心，人与人无私
关爱，文明与希望的象征

新中国最美奋斗者，你就在
我们中间，带着美德、纯洁和善良
带给我们童年的歌声。国庆之日
广场走过一个个迎向未来磅礴方队
听见你铿锵脚步，喊一声你名字
啊，整个大地都在答应

献给"两弹元勋"的挽歌

——邓稼先

峭 岩

此时——
我的心一次又一次
撕裂
我的眼睛一次又一次
泛红
泪水打湿案前的稿纸
心脏咚咚地跳动
我学会什么是感恩
我懂得什么是不忘
我知道他的存在
是何等的重要

他的生命
又是何等的灿烂、火红
他的存在
与我们的自豪有关
他的生命
正好嫁接了神话的诞生
我们有理由安宁、快乐

但我们没理由忘记一个辉煌

他生命的一端

托起中国的未来

他的名字

大写在华夏苍茫的天空

他的真情大爱

蕴藏了一声震惊世界的雷爆

那一声 58 年前的晴天霹雳

预报了一个民族的站立

开启了一个新世纪的征程

今天，中国之伟大

中国之磅礴

不仅仅有"地大物博、人口众多"

而是我们有"两弹一星"

"宇宙航船"

才与世界比肩

才与时代共豪情

邓稼先——

这个名字曾隐藏了 28 年

埋没在高端实验室里

埋没在渺无人烟的戈壁大漠

他消失在妻子的疼爱里

在神圣的事业里隐姓埋名

他知道他案头的数据

所包含的分量

他默默付出的是牺牲

换来的却是一个大国的光荣

百年颂歌

一个民族的脊梁
一段历史的终结和开始
他说："值得！"

他向生命的禁区走去
他向大勇无私的地域走去
那是一次核弹升天的试验
摔碎的原子弹没有爆炸
他沉静地走进那片沙漠

要寻个究竟
就在他手托弹头的瞬间
强烈的射线已击重身体
这不是忽略
也不是无知
是他超越生命的"求知"欲望
压倒了一切

由此，中国
在他强大之后强大
在他有名之后有名
华夏上空的蘑菇云向世界宣告
中国，已不再是落后贫穷
别国有的，我们也有
别国没有的，我们也要有
今天的中国啊
已占领世界之林的顶峰

请他的爱人代我们
在他的墓前献上一束鲜花

感谢他的无私

感谢他的忠诚

感谢他给了祖国那么多骄傲与自豪

感谢他的大智大勇

是他的牺牲换来了满天霞光

祖国啊 才有了今天

如歌的畅想

如梦的安宁……

祖国的稻谷熟了

——谨以此诗献给"世界杂交水稻之父"袁隆平院士

李满强

1

十月，祖国的稻谷熟了

从南到北，那金黄的波浪，一路歌唱

那低垂的稻穗，像亿万个硕大的惊叹号

诉说着丰衣足食的恩情和赞美

2

曾几何时，饥饿的乌云，在华夏大地之上，久久盘旋

"谁来养活中国，谁来养活世界？"

面对这世纪性发问，一位农技工作者立下梦想：

"要在禾下乘凉，要让杂交水稻覆盖全球！"

3

这金石之言，掷地有声，裂帛穿云

而梦想的实现，来自一粒种子在春日的觉醒

来自一个人五十多年在田埂上的坚守，

也来自

他大海捞针一般的找寻，愚公移山一样的执着

4

从发现第一棵雄性不育株
到巨人稻、海水稻、去镉稻的大面积种植
从湖南，到海南，再到华北……
祖国的夏天，每一块奋力生长的稻田
都是一张梦想的答卷

5

而真理的大门，最终朝着一个脚踏实地的中国人
悉数洞开。当秋风掠过大地的时刻，你看
那闪着银光的大米，潮水一般
源源不断，涌向国人的粮仓；涌向亚洲、美洲
乃至世界的餐桌，驱散了饥饿的乌云

6

当我在冬日的炉火旁，端起饭碗
请允许我献上我的感激与敬意：耄耋之年的院士
你的名字与星辰一起，已然进入不朽的行列
你穷尽一生，用一粒米
让一个民族的脊梁，挺得刚直

7

这是一个星光熠熠的时代
但最亮的光，来自你！来自
你们——这些奉献者、耕耘者、建设者……
这些最美的奋斗者啊
是你们，用理想和信念

浇灌出实干兴邦的硕果
是你们，用知行合一的实践与创造
一次次刷新着国人的精神高度

8

这是一个实现梦想的新时代
你听，那稻菽上掠过的风
正在吹响重新启程的号角
你看，在民族复兴的伟大征程上
无数新鲜而年轻的面孔，听从于你们的引领
正在大步流星，斗志昂扬地奋进！奋进！

她让高贵者更高贵

——致屠呦呦

陈雨吟

查阅探索、筛选甄别、提取验证
黎明之前的半个世纪，她夜以继日地
历经着上百次的实验、失败、再实验……
这是一场步履维艰的持久战

三十九岁那年，她临危受命
条件艰苦、设备简陋，她毫无怨言
她始终牢记着祖国赋予她的使命
在单调枯燥、波折万千的摸索时光里
再深的夜也无法阻止她探索发现的脚步

数百万疟疾患者驱动她在困局中的锲而不舍
济世救人的决心赋予她永不放弃的毅力
她犹如一株田野石缝中质朴的青蒿
在漫长寂寞的韶华里恬静地呼吸
顽强、挺拔、执着地向上，不断向上

试管、萃取器、温度计隐秘而安静
寂寥岁月所有的梦境都是青蒿的芬芳青蒿的绿
这一株株平凡的绿色植物因她而赋予生命的丰盈

"青蒿素精神"终于冲破笼罩硝烟的沼泽地
荣誉与鲜花，甚至全世界的赞美如期而至

她以她独特的淡定从容与圣洁
让一间充斥着化学药剂味的实验室
散发出绿色的新生，绿草的芳雅
她用植物青翠的音符，奏响生命的礼赞
她那不屈的灵魂芳香，让高贵者更高贵

风沙平息了，内心喊着一个人的名字

——谨以此缅怀焦裕禄同志

龙小龙

顽强的泡桐树，一代一代老了，又一代一代地新生着

叶片的大伞阻挡恶劣气候的侵袭

泡桐花用小喇叭吹奏出百鸟朝凤的昌盛繁荣

每一天，阳光普照兰考的时候

我就跟父老乡亲放下手中的活计

我们同花草、树木、泥土和石头比肩站立

陷入静默与沉思，一起感受和聆听，那些难以忘怀的

中国记忆

焦裕禄——

你就是一棵饱经霜雪的泡桐树

矗立在我们的凝望中。只是望着望着，我就

满目荡漾着温暖的热泪

从你坚毅的眼神中我读到了前辈的人生境界

在你刚强的身躯中我感受到了梦想与道路的深刻内涵

在苍皱的皮肤、皲裂的沟壑里

我找到了一粒小小的粮食或植物，它的体内

铸造着达济天下的正能量

作为一枚种子，你深埋于民间，肩负抗争的使命

既要抵抗侵略，反抗压迫

还要在恐怖的封锁中率众突围

你的根是在民族苦难中磨砺的利剑

刺穿黑暗的墙壁，迎来了新中国的空气和阳光

辗转奔波、跋涉往回，走过一座又一座村庄

你给贫苦的百姓送去幸福的火种

乡亲们焦渴，你就给他们带去甘洌芳香的泉水

在田间地头，披蓑戴笠，耕种劳作

作为县委书记，你不仅像农民，更像一名朴素的赤脚医生

通过望、闻、问、切，反复地诊断和研究

由表及里，对症下药

什么内涝呀风沙呀都是小儿科，你为困苦老百姓多年的顽疾

制定疗程，还探索出了一剂整治流沙的劣根性

和解决盐碱病灶问题的良方

这就是你。每一粒尘沙都铭刻着熟稔的背影

每一枚石头都回味的风餐露宿，拉家常的笑声

这就是你。只要老百姓吃不上一口好饭，你就没有胃口

这就是你。只要一棵庄稼没有走完生根发芽、开花结果的

良性旅程

你就不能停止夙兴夜寐、风雨兼程

泡桐树一般顽强的你呀，被劳累与伤病压倒的英雄树

怀着深深感念魂归大地

而那一刻，我不知道啄木鸟去哪儿了。

如果我是一只啄木鸟

一定要揪出那些吸食你身体营养的蛀虫

撕碎啃啮你肝脏的八爪蟹……

然而，你没有倒下，也没有离去——

崛立的爱，植满九百六十万平方公里的中国版图
一缕缕来自正义的光芒在传播，职业道德和人格品质的气
场在散发
抑或，我们谁都能感受到那层层叠叠史诗般的岁月
堆积如落叶。那些时间或者诗歌底片
一面是滚滚东流的崇敬与怀念
一面是黄河与落日相互牵挂的悠悠乡愁
风沙平息了。所有人的内心都喊着一个人的名字——焦裕禄
我们的好干部、人民的好书记、永远的焦裕禄……

守望大亮山
——致杨善洲

张远伦

在彩云之南，保山施甸

有一个老人在种树，他在决绝地

挽留着流逝的水土和时间

他瘦弱，状如缺少营养的柏树苗

可他坚忍，思想的根系

抱紧了家乡

瑟瑟风中，一张窄床

托起自己和天际线上的旭日

他的每一个日子贫瘠而又圆润

一双黄胶鞋，将他的步履

传遍每一个坚实的山头

他的每一个印迹重拙而又轻盈

暴雨来了，他披着蓑衣出门

查看新种的小树是否被冲走

大雪封山，他踩着遍地银屑

心疼那些被积雪压断的残枝

开春了，他一次次地

和簇新的枝头耳语

立秋了，他一次次地

对着飘逸的叶片呢喃

松树苗的曼妙身姿在山风中舞蹈

人工林的深深绿意在光芒中闪耀

群山在晚风中的呼啸

像是老人的数千个日子在集体发声

他伫立在大亮山之巅

就是伫立在精神的高海拔上

他倦了，躺在山地上

抚摸着粗糙的沙砾地皮

就是在默默地抚摸地球的皮肤

和自己的良心

他深邃而辽远的目光中

整座山荡漾起绿色的松涛

整个人间绵延着幸福的波浪

而这不是老人的私有财产

是荫庇鸟兽、护佑后人的

大片大片仙境，杨善洲

这个为我们建造仙境的朴拙老人

走了，像鸟归巢、兽入穴

像大亮山重新回到温暖和爱中

他生前的大地上，生态成为文明

人的家被重新唤为——大自然

一个世界上最干净的人

——致时传祥

郁　葱

从小的时候，我就知道有这样一个人，
他肩上背着粪桶，手上沾着尘埃，
北京，那个时代的早晨和傍晚，
他行走在许多普通人的中间。

这么多年我一直记着这个名字，
很多人说起过他，很多人写到过他。
他不想被人们记住，却一直被我们记着，
他也许从来没有想过留下什么声音，
但想到他，内心就总如大吕洪钟。

后来，很多人握过他的手，
国家主席也握过，
当那两双手的温度融合在一起，
这个世界的暖意，瞬间变得厚重。

一个走街串巷的掏粪工人，
他也许觉得自己渺小，渺小得微不足道，
但正是这个微不足道的人，
使天地显得干净，

使人心显得干净，

使这个世界，显得干净。

他不会想到以后会有人为他写诗，

但他是一首大诗，

让我们这些和他一样平凡的人，终生感动。

一个时代总该有一个时代的纯正，

一个时代总该有一个时代的清明，

一个时代，总要有好的空气，

澄明的水，有色彩的叶子，

要有更多的好人和好的心灵。

他的手有泥巴，但没有铜臭，

他的手没有握住什么财富，

但他的手张开时，手心里那么充盈！

时传祥，一个时代的好人，

一个时代好人的象征！

一地不扫，何以扫天下，

一垢不除，何以明世风。

一个人的贵贱，

一个人的尊卑，

一个人的高尚与崇高，

问谁？问和他一样的，芸芸众生！

人们叙述英雄的时候，

总爱把他的伟大告诉人们，

我却向人们讲述这些平凡的细节，

我反复重复"平凡"这个字眼，

并且对人们说，平凡的人仅仅是一滴水，

但那一滴一滴的水，

才是这无尽山河的，
浩浩荡荡的永恒！

百年颂歌

铁人颂

赵亚东

给我凝固的冰河，星空下的沼泽
给我呼啸的西北风，刀子一样的暴风雪

用来抽打你的肋骨和额头
用来撞击你的胸膛和脊梁

让我们听——
你那铁的魂魄，铁的筋骨，铁的意志
将会发出怎样的跫音
将会怎样震彻我们的心扉

让我们徒步而行，去 1923 年的赤金堡
抱一抱瘦小的十斤娃，
荒凉的戈壁滩和你瞎眼的父亲
让我们抱一抱吧，6 岁的你
领着父亲要饭的那根木手杖，
敲击着我们的心房

我一直在向西北凝望：
你出生的地方，你走过的路
讨饭的孩子，放牛的孩子，淘金的孩子，挖油的孩子
与恶霸对峙，与贫穷抗争的孩子……

让人心疼的孩子，让人一想起就落泪的孩子

我在脑海里无数次刻画你少年的样子
刚毅倔强，坚韧不屈，稚嫩的手握紧钻杆
单薄的脚板稳稳站立在荒原
我在凝望中，无数次看见你
站在党旗前宣誓的样子，看见你眼含热泪
拥抱滚滚油流的样子

月上千，年上万，祁连山上树标杆
这是贝乌5队铁骨铮铮的誓言
钢铁钻井队，钻井的闯将，采油的汉子
却在北京的街道伤心地哭了，自责地哭了
是的，你看见了，我们的汽车上背着"煤气包"
是的，你看见了，我们的国家缺石油啊！
你把两只手攥成拳头，在心里一次次告诉自己
要为国家分忧，要为民族争气

我无数次地描画：从西北到东北
是一条怎样的漫漫征途，我也无数次地丈量
你打过的井，你走过的路
井架竖立在茫茫的荒原，梦想闪耀于肆虐的严寒
在井喷的危急关头
不顾腿伤，扔掉拐杖，带头跳进水泥浆池
用身体搅拌……
一个淳朴的房东大娘说
王进喜，你真是个铁人呢！

宁肯少活20年，拼命也要拿下大油田
是的，你是铁人

在 1960 年率领 1205 钻井队

打出了大庆油田的第一口油井

是的，你是铁人

你和你的兄弟们

创造了年进尺 10 万米的世界钻井纪录

铁打的身子，铁打的灵魂，铁打的意志

你的心却是柔软的

在荒原上建立生活基地，帐篷小学

把自己的家庭补助分享给工友

在你的眼里，这荒原上每一个石油工人

都是兄弟姐妹

都是需要呵护的亲人

——除了你自己

多少次，我们凝望你贫寒的十口之家

炕上只铺着苇草

锅里没有半点油腥

你疼痛的骨节

还在寒风中咔咔作响

你那为队里割草喂猪、烧火做饭的媳妇

从没有一声怨言

铁人，我们轻轻地喊一声

心都隐隐作痛

铁人，我们轻轻地喊一声

眼泪就止不住地流下来

你的胃，你胃里的肿瘤，你血液的轰鸣

你钢筋铁骨的战栗

让脚下的大地微微晃动

在临终前，你从怀里掏出一个纸包
里面是组织给的补助，一纸账单
一笔一笔，清清楚楚
钱，一分没有动，泪水却在涨潮
你对来送别的领导说
"这笔钱，请把它花到最需要的地方去吧"
最后你又强忍剧痛，用颤抖的手
把一生仅有的三百块钱交给弟弟
"我再也见不到咱妈了，妈这辈子很苦
我没有尽孝，替我多尽一份孝道吧"

是的，铁人！你再也见不到你的妈妈了
是的，铁人，你再也回不去大油田了
1970 年 11 月 15 日 23 时 42 分，年仅 47 岁
铁人，你永远地闭上了眼睛

铁人，我无数次在心里与你对话
6 岁时要饭，9 岁时放牛，15 岁当石油工人
你苦吗？
铁人，我无数次在心里与你对话
在荒原上打井，识字搬山，科学求实，向地球开战
你苦吗？
铁人，我无数次在心里与你对话
关节炎，老寒腿，老胃病，血肉之躯跳进冰冷的水泥池
你苦吗

一声声呼唤你
我们的楷模，我们的亲人
江河永在，日月永照
永远的铁人，永远的英雄

叩问茫茫荒原，仰望辽阔的苍穹

你没有走，你还在油井旁，你还在钻塔上

你的精神永远鼓舞着

——新时代，有梦的中国人

你的精神永远照耀着

——这生生不息的土地和未来！

石油之子
——致王启民

孙晓杰

你头戴的红色铝盔，是松辽荒原的井架旁

新鲜如初的一轮朝日，寒风中

你的暖意，正徐徐吹来

在漆黑的长夜，如你用南国湛蓝而澄澈的湖水

点亮的一堆赤诚的篝火

你充血的眼睛，射出两束绚烂的目光

在天幕上写下如此深情的两个字：祖国

在地壳上写下如此急迫的两个字：石油

当祖国的引擎呼唤你的梦想

你像一个勇士，穿过白垩纪沉积的岁月

在苍茫的井场和轰鸣的钻台含铁而歌

你用嚼着冰碴的牙齿说：这是一场战斗！

在被举世公认为"不能开采的禁区"

你写下春联的豪言：闯将在此

你要让春潮涌动的荒原

献出每一滴石油

哺育贫穷和艰难成长的祖国

你用智慧之光，动员每一缕晨曦和每一片晚霞

唤醒：沉睡日久的黑金

一轮孤独而凄清的中秋明月

被你像放大镜一样握在手中——

你在洞察一块微笑的岩芯：一个神秘的世界

你因病痛而佝偻的腰身，凝聚成一张强劲的弓弩

射出科技之光的利箭

你手牵灵性之水

倾心注入：每一个油层，每一块岩隙

盛邀已被漠视或遗弃的羊群般的油流

共赴春天的聚会

在大地上绽放黑色的花朵

因为你深知：每一滴石油都是激情燃烧的火焰

你用一次次失败的汗水说：你必须挺住！

你甚至用飞旋的钻杆做行走的拐杖

在时间的镜子里，你从自己脸颊的点点黑斑上

发现了散落于记忆之外的油海

你像一位睿智的驯兽师

给强壮的雄狮般的原油层以奔跑的旷野

给瘦弱的青蛇般的薄油层以幽秘的细径

你打开荒原深处每一条黑暗的道路

用颤抖的双手

在油田之中，捧出又一个油田

让古老的油田因你而青春勃发

让浩瀚的荒原因你而傲然屹立

你一生只做这一件事——

在祖国的油箱里

你要献出生命的石油，哪怕仅仅是一滴

正如在祖国的脉管里

你要献出自己的热血，哪怕仅仅是一滴——

一滴最美的石油

一滴最美的热血

一个最美的石油之子，最美的祖国

归来的磐石

——致敬黄大年

隋　伦

透明的玻璃，把世界分成了两个。
影子在上面流动，彼此熟悉的人对着暮色说话
走的时候，窗棂上的雪在一束光中清晰起来
我听到人们低声的啜泣，就这样被轻轻包裹着
如今他能否听见。一位身披阳光却又长眠的人
像坚韧的磐石，不过是将身体化归了自然
在阳光下，他凝视并抚慰着那些不安的灵魂

总要理解些什么，像土地默默地接纳雨露
等待阳光穿过树叶，同我们的目光相遇
2009 年，他从剑桥之畔回归久别的祖国
耿耿热血投入到为地探事业的发展和进步上
锻造一个个新的开始与辉煌，他以飞蛾扑火之心
默默耕耘 7 年，带着对祖国深深的信念与希望
为我们撑起了一把廓清迷雾和质疑的伞

什么是真正的奉献，在渴望与梦想的背后
他的经历牵引着我们，我们愿意把他叫作磐石
并从他身上寻找和理解生命的意义是什么

而他是如此果决，像看穿了真理并与我们分享
直至从黎明的晨曦中发现科学的锁钥
他在更加坚强与睿智的身影里，在记忆深处
向着未来，一次次托着我们向上攀登

他像烛火一样逝去了，阳光抚摸着他的额头
而有时候，我们总能从他无私的燃烧中
理解真正崇高的生活，他的燃烧闪耀着牺牲的荣耀
仿佛一面旗帜，重新赋予我们信念和慷慨
他逝去了吗？不，他正高翔着自己的羽翼
与火焰一起释放在空中，像英雄举起了手臂
饱满，却藏着光的神韵

最鲜艳的红

——写给王继才、王仕花夫妇

刘笑伟

抵近灌河入海口，除了一阵阵

持久的、深沉的、律动的海涛

你一定可以听到，身体融入岩石的声音

血液扎根泥土的声音

呼吸吹拂礁盘的声音

需要怎样的坚韧

才会让骨骼铮铮作响

成为抗击台风和暴雨的苦楝树

慢慢染绿这座小岛

需要怎样的柔情

才能让汩汩奔流的血液

变身清澈溪流

缠绕着小岛的晨昏

睫毛，化为野菊花瓣

凝视时光，也抵挡寂寞的长夜

需要怎样的爱和多么大的勇气

肌肉，化为嶙峋的岩石

需要多少年的淬火
冶炼漫漫时光

他们的胸膛，容下了无边无际的孤独
肩膀，扛起了无法想象的困难
在婴儿的啼哭中，揉碎自己的心
在双亲的苍老里，印上自己的泪痕
"守岛就是守国，守国也是守家"
他们每天升起五星红旗
让这座小岛有了最美的颜色

他们把一个个平凡的日子
打造成一串串钻石
雕刻上家国诗意
洒遍小岛的每一处角落
30 多年啊，30 多年啊
他们的呼吸，化作阵阵涛声
他们的骨头，弹奏着小岛
渐渐有了黄金的色泽

一个人，可以在传说中化蝶
两个人，可以在坚守中化为一座岛
在黄海前哨，小小开山岛
就是他们两个人化成的
他们把自己熬成一座岛
就是为了在万顷碧波间
白色浪花上，为祖国
天天捧出那一抹高于天空的
最鲜艳的红

微笑的罗阳（节选）

王久辛

一

我合上双眼

就看见庞大的航空母舰

高高扬起的 钢铁的巨首

那凝聚了亿万国人期盼的

力量的——象征

就看见了舰载机 那优美

矫健 准确而又轻盈的

滑落 一如蜻蜓稳降

菡蓄顶尖的奇绝

如超拔的冰上旋舞

似花样芭蕾的腾跳鱼跃

高难度的惊险 超绝技的险峻

比雪橇的飞鸿 更令人心惊

比足尖上的灵媚 更令人叫绝

然后 我看见了罗阳

——看见了他

一脸的倦容 那疲惫的眼神

和那眼神里 轻轻漾出的微笑

二

对我来说　这微笑是世界上
最动人　最令人心碎的微笑
那是罗阳的微笑
这微笑属于成功　属于凯旋
是一代代航空人　百年求索
跋涉后的微笑　于是
几乎所有的航空人　都可以
骄傲地仰望天空
天空不再一览无余
不再是虚无与妄想的阔野
犹如我们的航空母舰
扬首劈开万里波涛
乘风破浪巡弋在
我们神圣的领海　看哪
我们的舰载机　我们
日新月异的　崭新的
舰载机　则以最优美
最帅气的英姿
捍卫着——我们领空的
云蒸霞蔚的朝晖
花团锦簇的夕阳

三

是的　在生命的最后时刻
罗阳身披万道霞光　笑了
他笑着走下航母的舷梯　告别
像刚刚下班回家
歼击机已经完美着陆　已经

反反复复试飞　成功

他没有喜形于色

他只是轻轻地

而且是极其有限地　微笑

没有激动　他无须

与战友热烈拥抱

他只是带着一脸倦容

与战友们一一握手

他微笑着　向我们告别……

四

他从航母走来

带着一脸倦容　却轻漾着

浅浅的微笑　那疲惫的眼神

闪烁着凯旋者的欣慰

这微笑告诉我　中国啊

不乏这样

扛得起三山五岳的脊梁

也不绝这样能创造出

汪洋大海般思想的头颅

那是鲁迅先生半个世纪之前

就赞颂过的热血男儿

那么　就容我一吼吧

中国有罗阳这样坚韧不拔

勇往直前的人———

就没有创造不出来的奇迹

罗阳　我的好兄弟

我一合眼　就看见了你

看见了你的笑容

无论白天还是深夜 我知道

那航母犁出的

浪花 是你的微笑

那歼击机划过的

云彩 是你的微笑

那夜空闪烁的星星

大地上盛开的鲜花 都是

你的微笑 你永远微笑着

和我和我们在一起⋯⋯

燃灯者邹碧华

刘立云

世间苍茫，拥挤着那么多的人

那么多的人熙熙攘攘

有时却让你感到

寒风料峭，春天姗姗来迟，仿佛总在远方

踯躅；那么多的人你来我往

有时又让你觉得

日月昏沉，天空乌突突的

仿佛笼罩着永远驱不散的

乌云、沙尘和阴霾

而当你走上大街，与人们擦肩而过

彼此的眼神如此散淡和冷漠

更让你感到一阵阵

悲凉，好像走进茫茫大漠

你是一名法官，高擎国徽和利剑

因而你是庄严和神圣的

就像迎着风暴

在天空展翅翱翔的鹰。但你常常

忐忑不安，忧心如焚，当你

沉浸在无数的案例中

无数攻讦、陷害、贪婪、仇恨

无数的坑蒙拐骗

和刀光剑影中，艰难地分辨

一颗心怎么长出了杂草

一个曾经纯洁无瑕的灵魂，在何时何地

被溅上了污泥浊水

而此刻，时代的列车凯歌行进

呼啸而来又呼啸而去

我们每个人铺在内心的枕木和路基

将发生怎样的震颤

和摇晃，怎样的坍塌和崩溃……

在无数个夜晚，面对无数张陌生

而又模糊的面孔，你刨根

问底，皓首穷经，不知不觉走到了

法律的源头，人们思想和行为的

源头。大脑里电光石火

忽然闪过"同理"这个词

对，同理！环球同此凉热的"同"

道理的"理"。你说：是的是的

每个人生下来都是一张白纸

都一样地善良、幼稚；活泼、天真

学校的言传身教，家庭的耳濡

目染，还有阅读、思考、回味

渐渐地让你有了爱美之心

向上攀登之心和同情弱小的恻隐之心

这就是同理，说到底是一个人良知

根本，在漫长的生命旅途中，渐渐

散发的灵肉之光和人性之光

——这是生命的燧石，岩层中隐藏的

金子、玛瑙、翡翠和玉

必须切割它、敲打它、摩挲它

让它闪烁！像在严寒中点燃一堆篝火

或者说与生俱来，每个人的心里

都有一盏灯，一盏隐形的灯

可以照亮黑暗；一盏指示未来的

灯，将把我们一步步引向

光明的顶点；而我们这些执法的人

维护道德和法制的人，我们的

存在，就应该帮助人们擦亮这盏灯

点燃这盏灯，然后高举这盏灯

让这盏灯发出炽热的光芒

诚如诗人说的——

"每个人都对各自的自我绝对忠实，

每个人都向对方洒去淡淡的光芒。"[1]

后来，当你把生命的能量耗尽

用短暂的 47 岁的长度

书写一段人生的传奇，人们惊奇地发现

你这个北大学子，原来是一个

燃灯者：你思想，你行动

你在法律和人性的旷野上大步奔走

要做的，就是用热血和智慧点燃

一个个人群，让周围的

每一个人，都发出钻石的光芒

---

[1] 引自华莱士·史蒂文斯《罗曼司的重演》。

英雄颂歌：一个老兵的"中国心"

林　莉

1

盛世中国，沃野千里
风吹麦浪，江河澎湃、青山巍峨
在这片神奇的大地上，无不在传颂着
一段峥嵘岁月里的神奇故事，这铿锵颂词
来自一个 95 岁老兵用初心本色
向祖国的深情献礼

2

一个红布包、一只旧皮箱，一个打满补丁的搪瓷茶缸
于时间深处静静发光
打开它们，在那里一张报功书
一张军人证明书、三枚军功章与勋章
就在那一瞬间
尘封了数十年的英雄光芒，熠熠生辉
庄严，自带火种

3

多少炽热的记忆，丰盈着沧桑的生命历程
在烽火岁月里写下：热血

东马村，永丰战役，壶梯山

炸碉堡，枪林弹雨，出生入死

在淡泊名利的朴实中写下：奉献

来凤县的山山水水都记得水田抬田、修路开山

哪里有需要就到哪里，是责任、是义务

更是甘心情愿的付出

在军功章与勋章上写下：信仰

那隐藏了六十多年的赫赫战功，那

从未向组织提过任何要求，克己奉公的信念

化成"绝对忠诚"四个光辉大字

在军人证明书、报功书上写下：奋斗

从烽烟战场到酉水河流过的地方

在有限的生命里一遍遍抒写：奉献！奉献！奉献！

在无涯的人生里一次次拼搏：奋斗！奋斗！奋斗！

这是平凡的默默无闻的一生，这更是伟大的闪光的一生

4

"和我并肩作战的战士，有几多（好多）都不在了。

比起他们来，我有什么资格拿出立功证件去显摆自己啊？！

我有什么功劳啊？！"

当这哽咽着的朴素话语被一个老兵含泪说出

一束集赤诚、气节、风骨的璀璨之光和盘托出，山河辽阔

一种英雄典范，诞生着、传承着

一个老兵的"中国心"，本真，纯粹，大气凛然

5

请不要打听他的身份、样貌

生平，这芸芸众生之一，这最沉默的英雄

将一腔大爱遍植在这片神奇土地

守初心，担使命

一种铁骨铮铮、热血沸腾之美，呼啸而过

是怎样的拳拳之心啊，胸怀家国人民，构筑成生生不息的

英雄颂歌

是爱国情怀，是奋斗意志，更是亘古不息的中华民族精神！

任长霞

田　湘

与朝阳同行，那庄严的队列中
警徽闪耀，映出万丈霞光
领跑者，柔美而坚毅
清脆的脚步声踏响嵩岳大地
转瞬间，天空湛蓝如洗
云朵的羔羊洁白

阳光下的登封，罪恶在潜伏
一位女公安局局长匆匆而至
青春的热血与炭火燃烧成熊熊烈焰
抖落尘埃，击罪恶以闪电惊雷
正义与邪恶绝不容和解，一旦相遇必决一死战
看似柔弱的女子果敢刚毅，多谋善断
她深入虎穴探秘，化身"兔毛贩子"寻蛛丝马迹
温柔的手刚劲地一挥，就布下天罗地网
将黑恶势力彻底扫荡

她最懂人民的含义：那是大地，是河流
是至亲至爱的衣食父母
她从不向邪恶低头，只向人民鞠躬
局长接待日，老百姓排着长队
这是信任也是期盼，她俯下身子倾听

深深骨肉情啊，她的泪只为百姓流

或许，在亲生儿子面前她不算称职
却是孤儿小春雨挚爱的母亲
她欠下的是与家人团聚的年夜饭
却让百名失学儿童读上了书
她坚守群众利益无小事的信条
不仅破大案要案，偷鸡摸狗
苍蝇式违法也要管，再苦再累也永不言弃

沐浴如诗年华，一身浩然正气
金钱收买不了她，恐吓更不能让她屈服
即便舍出身家性命，也要与邪恶战斗到底
清除内部毒瘤和害群之马，让国之利器更加锋利
情系苍生，侠骨柔肠，剑胆琴心，疾恶如仇
以大爱大恨守护朗朗乾坤

血火烽烟中，40 岁的青春和生命定格成绚烂的云霞
当 14 万群众为她送行，那是一条多么浩荡的河流啊
庄严的队列中，她依然是领跑者
是嵩岳大地一首最动情的诗，一道最美的风景线

初 心

——致张富清

张 同

在领三块大洋回家，
还是参加革命队伍的抉择中，
你毅然选择了革命。
一个在旧军队里打杂受气的羔羊，
就成为怒吼的雄狮，
令敌人魂飞胆丧！
你曾四次炸毁敌人碉堡，
为大部队开道清碍。
永丰城一战你担当突击队员，
连换了八位突击连长，
你却九死一生，
成为董存瑞式的战斗英雄！

你曾准备和新婚妻子
回陕西汉中建设家乡，
但当组织告诉你，
湖北恩施急需干部时，
你便选择了走向贫困山区，
放弃了回乡。
到了恩施，

你又选择了更加偏远的来凤。
你到卯洞公社任职，
为打通进入高洞管理区的路，
渴饮山泉，饿吃干粮，
开山放炮，肩挑背扛，
奋战两年硬是把山路修在了悬崖之上！
苍茫大山中，你把功名深藏，
数十年如一日，
党指向哪里，你就冲向哪里，
你所工作过的七个单位，
都留下了奋斗者的足迹。

你的工资养活六口之家，
大女儿还有病，生活并不宽裕。
你宁肯让孩子去捡煤块，拾柴火，
也不把困难向组织提起。
你眼睛做清除白内障手术，
本可以全额报销，
你却选择了便宜的晶体。
"不能脱离群众"，
"不能利用手中权力为自己办事"，
是你的为官原则。
你担任三胡区副区长，
在国家困难时期精减人员，
首先让妻子从供销社"下岗"。
恩施城里招工，
你能要到指标，
却让高中毕业的大儿子，
下放到卯洞公社的万亩林场。

百年颂歌

95 岁高龄，

在新中国迎来七十华诞之时，

你以庄重的军礼，

向祖国和人民致敬！

国家进行退役军人信息采集，

你的赫赫战功引发人们的震惊：

你四次立功，

两获"战斗英雄"，

还有一枚"人民功臣"勋章，

都被锁进一个古铜色的皮箱。

六十年来，

老伴和子女，只看到你满身伤疤，

脑壳陷下一道缝，

却不知你立过这么多战功，

不知你是战斗英雄。

问你为什么这么低调，有功不说功？

你说有那么多战友在身边倒下，为人民牺牲，

我有什么资格说功？！

当老部队派代表来看你时，

你的心情无比激动。

你穿上了你的旧军装，

胸前别上了军功章，

你的眼里闪动着晶莹的泪光。

你坚强地站起来，

向老部队战友敬了一个庄严的军礼！

五连冠

——致女排

车延高

如果岁月可以雕刻时光
世锦赛和奥运会应该把这群姑娘的名字镶嵌在
历史的天空

8 战 8 胜，五连冠，让整个世界瞠目
人民为之骄傲时
她们只让自己成为汗滴里破茧的星

那时，她们已把"撸起袖子加油干"直译为拼搏
那时，铁榔头已把落到实处诠释为钉钉子精神
那时，她们用破天荒的方式，抒写了中国的传奇

起跳，拦回去的，是过去的不堪
扣球，定乾坤的，是一种义无反顾

每当她们将球高高抛起
世界就找到了一个共同关注的点
在中国人眼里
这是一个民族期待已久的爆发力

如果精神能代表意志开口说话

可以有一个倡议

让神圣做主，推举球迷心中的最美奋斗者

我还会冲动，还会热血沸腾喊响她们的名字

为一种拼搏骄傲

为在拼搏中日益强盛的祖国骄傲

第三辑

雄壮足音

向困难进军

——再致青年公民

郭小川

骏马

在平地上如飞地奔走

有时却不敢越过

湍急的河流；

大雁

在春天爱唱豪迈的进行曲，

一到严厉的冬天

歌声里就满含着哀愁；

公民们！

你们

在祖国的热烘烘的胸脯上长大

会不会

在困难面前低下了头？

不会的，

我信任你们

甚至超过我自己，

不过

我要问一问

你们做好了准备没有？

我

百年
颂
歌

比你们年长几岁
而且光荣地成了你们的朋友，
禁不住
要把你们的心
带回到那变乱的年头。
当我的少年时代
生活
决不像现在这样
自由而温暖，
我过早地同我们的祖国在一起
负担着巨大的忧患，
可是我仍然是稚气的，
人生的道路
在我看来是如此的一目了然，
仿佛
只要报晓的钟声一响，
神话般的奇迹
就像彩霞似的出现在天边，
一切
都会是不可思议的美满。……
呵，就在这个时候
严峻的考验来了！
抗日战争的炮火
在我寄居的城市中
卷起浓烟，
我带着泪痕
投入红色士兵的行列
走上前线。
……真正的生活开始了！
可惜

它开始得过于突然！

我呀

几乎是毫无准备地

遭遇到一场风险。

在一个雨夜的行军的路上，

我慌张地跑到

最初接待我的将军的面前，

诉说了

我的烦恼和不安：

打仗嘛

我还不能自如地往枪膛里装子弹，

动员人民嘛

我嘴上只有书本上的枯燥的语言。

我说：

"同志，

请允许我到后方再学几年！"

于是

将军的沉重的声音

在我的耳边震响了：

"问题很简单——

不勇敢地

在斗争中学会勇敢，

怕困难的

去顽强地熟悉困难。"

呵呵

这闪光的话

像雨点似的打在我的心间，

我怀着感激

回到我们的队伍中

继续向前……

现在

十八年已经过去了，

时间

锻炼了我们

并且为我们的祖国带来荣耀，

不是我们

被困难所征服，

而是那些似乎很吓人的困难

一个个

在我们的面前跪倒。

黑暗永远地消亡了，

随太阳一起

滚滚而来的

是胜利和欢乐的高潮。

公民们

我羡慕你们，

你们的青年时代

就这样好！

你们再不要

赤手空拳

去夺敌人手中的三八枪了。

而是怎样

去建造

保卫祖国的远射程的海防炮；

你们再不要

趁着黑夜

去挖隐蔽身体的地洞了，

而是怎样

寻根追底地

到深山去探宝；

你们再不要

越过地堡群

偷袭敌人控制的城市了。

而是怎样

把从工厂中伸出的烟囱

筑得直上云霄；

你们再不要

打着小旗

到地主庭院去减租减息了。

而是怎样

把农业生产合作社

办得又多又好。……

是呵

连你们遭遇的困难

都使我感到骄傲，

可是我要说

它的威风

决不会比从前小。

社会主义的道路上

并非

平安无事，

就在阳光四射的早晨

也时常

有风雨来袭，

帝国主义者

对着我们

每天都要咬碎几颗吃人的牙齿，

生活的河流里，

随处都可能

埋伏着坚硬的礁石，

百年颂歌

旧世界的苍蝇们

在每个阳光不曾照进的角落

生着蛆……

新生的事物

每时每刻都遇到

没落者的抗拒……

然而我要告诉你们

凭着我所体味的生活的真理：

困难

这是一种愚蠢而又怯懦的东西，

它

惯于对着惊恐的眼睛

卖弄它的威力，

而只要听见刚健的脚步声

就像老鼠似的

悄悄向后缩去，

它从来不能战胜

人们的英雄的意志。

那么，同志们！

让我们

以百倍的勇气和毅力

向困难进军！

不仅用言词

而且用行动

说明我们是真正的公民！

在我们的祖国中

困难减一分

幸福就要长几寸，

困难的背后

伟大的社会主义世界

正向我们飞奔

西去列车的窗口

贺敬之

在九曲黄河的上游，
在西去列车的窗口……

是大西北一个平静的夏夜，
是高原上月在中天的时候。

一站站灯火扑来，像流萤飞走，
一重重山岭闪过，似浪涛奔流……

此刻，满车歌声已经停歇，
婴儿在母亲怀中已经睡熟。

在这样的路上，这样的时候，
在这一节车厢，这一个窗口——

你可曾看见：那些年轻人闪亮的眼睛
在遥望六盘山高耸的峰头？

你可曾想见：那些年轻人火热的胸口
在渴念人生路上第一个战斗？

你可曾听到啊，在车厢里：

仿佛响起井冈山拂晓攻击的怒吼？

你可曾望到啊，灯光下：
好像举起南泥湾披荆斩棘的镢头？

啊，大西北这个平静的夏夜，
啊，西去列车这不平静的窗口！

一群青年人的肩紧靠着一个壮年人的肩，
看多少双手久久地拉着这双手……

他们啊，打从哪里来？又往哪里走？
他们属于哪个家庭？是什么样的亲友？

他啊，塔里木垦区派出的带队人——
三五九旅的老战士、南泥湾的突击手。

他们，上海青年参加边疆建设的大队——
军垦农场即将报到的新战友。

几天前，第一次相见——
是在霓虹灯下，那红旗飘扬的街头。

几天后，并肩拉手——
在西去列车上，这不平静的窗口。

从第一天，老战士看到你们啊——
那些激动的面孔、那些高举的拳头……

从第一天，年轻人看到你啊——

旧军帽下根根白发、臂膀上道道伤口……

啊，大渡河的流水啊，流进了扬子江口，
沸腾的热血啊，汇流在几代人心头！

你讲的第一个故事："当我参加红军那天"；
你们的第一张决心书："当祖国需要的时候……"

"啊，指导员牺牲前告诉我：
'想到啊——十年后……百年后……'"

"啊，我们对母亲说：
'我们——永远、永远跟党走！……'"

第一声汽笛响了。告别欢送的人流。
收回挥动的手臂啊，紧攀住老战士肩头。

第一个旅途之夜。你把铺位安排就。
悄悄打开针线包啊，给"新兵们"缝缀衣扣……

啊！是这样的家庭啊，这样的骨肉！
是这样的老战士啊，这样的新战友！

啊，祖国的万里江山！……
啊，革命的滚滚洪流！……

一路上，扬旗起落——
苏州……郑州……兰州……

一路上，倾心交谈——

人生……革命……战斗……

而现在，是出发的第几个夜晚了呢？
今晚的谈话又是这样久、这样久……

看飞奔的列车，已驶过古长城的垛口，
窗外明月，照耀着积雪的祁连山头……

但是"接着讲吧，接着讲吧！
那杆血染的红旗以后怎么样啊，以后？"

"说下去吧，说下去吧！
那把汗浸的镢头开啊，开到什么时候？"

"以后，以后……那红旗啊——
红旗插上了天安门的城楼……"

"以后，以后……那南泥湾的镢头啊——
开出今天沙漠上第一块绿洲……"

啊，祖国的万里江山！……
啊，革命的滚滚洪流！……

"现在，红旗和镢头，已传到你们的手。
现在，荒原上的新战役，正把你们等候！"

看，老战士从座位上站起——
月光和灯光，照亮他展开的眉头……

看，青年们一起拥向窗前——

头一阵大漠的风尘，翻卷起他们新装的衣袖！

……但是现在，已经到必须休息的时候，
老战士命令：“各小队保证，一定睡够！”

立即，车厢里平静下来……
窗帘拉紧。灯光减弱。人声顿收。……

但是，年轻人的心啊，怎么能够平静？
——在这样的路上，在这样的时候！

是的，怎么能够平静啊，在老战士的心头，
——是这样的列车，是这样的窗口！

看那是谁？猛然翻身把日记本打开，
在暗中，大字默写：“开始了——战斗！”

那又是谁啊？刚一入梦就连声高呼：
“我来了！我来了！——决不退后！……”

啊，老战士轻轻地走过每个铺位，
到头又回转身来，静静地站立在门后。

面对着眼前的这一切情景，
他，看了很久，听了很久，想了很久……

啊，胸中的江涛海浪！……
啊，满天的云月星斗！……

——该怎样做这次行军的总结呢？

怎样向党委汇报这一切感受？

该怎样估量这支年轻的梯队啊？
怎样预计这开始了的又一次伟大战斗？

……戈壁荒原上，你漫天的走石飞沙啊，
……革命道路上，你阵阵的雷鸣风吼！

乌云，在我们眼前……
阴风，在我们背后……

江山啊，在我们的肩！
红旗啊，在我们的手！

啊，眼前的这一切一切啊，
让我们说：胜利啊——我们能够！

……
……

啊！我亲爱的老同志！
我亲爱的新战友！

现在，允许我走上前来吧，
再一次、再一次拉紧你们的手！

西去列车这几个不能成眠的夜晚啊，
我已经听了很久，看了很久，想了很久……

我不能、不能抑制我眼中的热泪啊，

我怎能、怎能平息我激跳的心头？！

我们有这样的老战士啊，
是的，我们——能够！

我们有这样的新战友啊，
是的，我们——能够！

啊，祖国的万里江山、万里江山啊！……
啊，革命的滚滚洪流、滚滚洪流！……

现在，让我们把窗帘打开吧，
看车窗外，已是朝霞满天的时候！

来，让我们高声歌唱啊——
"……鲜红的太阳照遍全球！……"

一九七八年的春天

李 瑛

当残雪融化，枯草间露出一丝鹅黄，

我听到蓬勃的春天在那里歌唱，

又一阵暴风雪已经过去，

天空射下灿烂的阳光。

无论是九天惊雷，还是春潮汛涨，

都抵不过我们战斗生活的喧响；

听，一粒粒萌生的种子在召唤明天，

千山万水间，呈现出何等繁忙的景象！

一切是这样动人，满含生机，

一切是这样富于理想和力量，

一切是这样无愧于伟大的时代和祖国，

呵，每分每秒，都充满热，都充满光！

春　天

阎　志

我在这个春天　低下头来

寻找青草的气息　以及母亲的身影

在一列列开往无法预知前程的列车上

逝去的岁月　如潮水般涌来

我不能停留

关于春天我还知道得太少

发芽的花朵　含苞的雨水

雷鸣中灿烂的舞蹈

我来到故乡的上空

我的年迈的父亲正在劳作

而更多的年轻的兄弟姐妹　不知去向

金黄的油菜花　漫山遍野

还是在这个春天　我深入到泥土之中

我想翻动故乡的泥土

这气息如此陌生

生长的气息　如此陌生

探　求

王辽生

亿万探求者不断求索，
于荆棘中把路开拓，
之所以手握刀剑，
只因为脚下坎坷。

刀剑煅于烈火，
热血腾若江河，
生命虽是珍贵的色彩，
为祖国涂抹何须斟酌。

二十二年前的"探求者"啊，
走着呢还是已经安卧？
只要船身是钢铁造成，
就不会朽，也不会中途停泊。

如果人人都无所探求，
真理何日捕获？
但愿为探求而受难的人，
宽慰于演完最后一幕。

多少才华熄灭了光柱，
多少星辰不再闪烁；

历史最怕回头去看，
一看更教人惊心动魄！

但是请相信，请相信吧。
有爱情就不会沦落，
活着为祖国探路求春，
死了为祖国填沟补壑。

一旦阳光从高天洒泻，
该复活的就全都复活；
顽固不化的探求者啊，
生死跳一个爱的脉搏。

须发不经流年磨，
确乎白了许多；
心没有白，血没有白，
且捧给四化的滚滚雄波！

做推波助澜的风，
做风水迸溅的泡沫，
或者化青春为一片硬土，
铺河床供激涛涌过。

啊，一如这波涛不可抗拒，
探求的权利不可剥夺；
让我们高举探求的刀剑，
教全球惊看中国！

自豪吧，士兵

贺东久

我自豪地当上了一名士兵

每月只有十块钱的薪金

它不够一瓶茅台酒一条大中华

但我富裕　心里缀满了珍珠

十块钱　二百枚五分的硬币

假若这样被购买　那我拒绝应征

我的一滴血　价值连城

我的一滴汗　点石成金

假若从事文学　我可能成为李白

假若从事科学　我可能成为牛顿

即使是厮守田园耕耘播种

也一定会让土地捧出三倍的收成

但当兵是我的夙愿

就像普希金渴求成为诗人

我愿踏着这沉重的战鼓

在洒满鲜血的泥泞中前进

我爱冲锋枪的猩黑　刺刀的霜洁

我爱手榴弹的冲动　爆破筒的沉静

我是世代农民的儿子

不因脚板走惯了山路而追求跋涉长途行军

不因体魄强健而渴求厮拼

不因当一名将军而改换门庭

不因得几枚勋章炫耀终生

为婴儿的姣甜　我才愿流血

为初恋的红晕　我才愿忍痛

为红花笑得可爱　为秀竹绿得动心

为橄榄林的恬静　为和平鸽的笛音

为炊烟的自由升腾　为车轮的狂热飞奔

啊　我这宽厚的肩膀哟

才愿扛起这所有的不幸

土城的土

何建明

土城的土　泥泞的土
那是远去的渔翁在此栖息
留下了几多汗水
浸透了酒乡的大地

土城的土　古朴的土
那是盐商与船工
在吆喝和叫卖声中
谱写着诚实不欺的音符

土城的土　智慧的土
那是平南王不灭的远虑深谋
三千年巨杉挺立
折射着先人故里盖世的气度

土城的土　英雄的土
那是红军将士在赤水河畔
用生命使红色之船
从最危险的河道平安驶出

土城的土　神奇的土
你丰富而艳丽

你以历史的名义
让中国的命运
永远
向着光明的未来摆渡

在东莞遇见一小块稻田

杨　克

厂房的脚趾缝

矮脚稻

拼命抱住最后一些土

它的根苗

疲惫地张着

愤怒的手想从泥水里

抠出鸟声和虫叫

从一片亮汪汪的阳光里

我看见禾叶

耸起的背脊

一株株稻穗在拔节

谷粒灌浆在夏风中微微笑着

跟我交谈

顿时我从喧嚣浮躁的汪洋大海里

拧干自己

像一件白衬衣

昨天我怎么也没想到

在东莞

我竟然遇见一小块稻田

青黄的稻穗

一直晃在

欣喜和悲痛的瞬间

博鳌的好声音

赵晓梦

这是声音汇聚的殿堂
海的声音鸟的声音花的声音
阳光的声音，不同皮肤的声音
都在万泉河水清又清的迎宾曲里

一年一届的世界声音大会
让每一个声音都有平等表达的权利
让他们代表的每一条江每一条河
沿着玉带滩敞开的胸膛漫游扩散

每一个声音都能让世界变得安静
无论深情还是激昂，分歧还是共鸣
所有的声音都直抵人心，都在
喷泉广场留下持久回响的大合唱

顺着声音的目光，"人类命运共同体"
正在放大东屿岛的朋友圈
在南海之滨的博鳌独立潮头
让每一个走进的人都能找到母语

入　海

缪克构

年少时我曾注视河流的方向

它们流淌向东，平静入海

那是我的少年海，父亲的中年海

和祖父的老年海

所有的河流只有一个方向

那就是大海

安静的海，澎湃的海

和无边际的海

一片从古到今

永远存在的海

河流流啊流，一直流

流过祖父的百年，父亲的七十年

和我的不惑之年

河流流啊流，一直流

流过群山、森林和大地

流过村庄、堤坝和滩涂

然后注入东海

河流一直流啊流

有的在太阳底下消失了

有的却化作了两条、十条、数十条

百年颂歌

如折扇的扇骨展开

有的变窄，静水流深

有的变宽，波澜壮阔

有的如闪电蔓延

有的，如巨掌收拢

我见过黄河入海，一身戎装

裂壁吞沙，兴云致雨

我见过长江入海，浩浩荡荡

其势逶迤，雄壮豪迈

它们，历经漫长的跋涉

面对无数的艰难险阻，都义无反顾

大江大河携泥沙俱下

不会止步于那些高山，那些险滩

不会流连于安逸的风景，静美的图画

它们的心中藏着一个大海

就总能淌出一条自己的道路

当大海就是它们唯一的方向

奔流，就是它们唯一的行动

渺小如我故乡的小河

涓涓细流，也要奔流入海

我看到它们在月光下徘徊

幸福和眷恋写在浪花之上

但它们终究注入大海

成为一片涛声

涛声载着我的乡人

闯荡在地球的各个村落

这是一片浩瀚的海

这是我凝视的少年海，父亲捕鱼的中年海

和祖父采盐的老年海

这是养育我们生长的海

一个家族繁衍生息依靠这片海

迈向广阔的生活，仍然依靠这片海

大海啊，我把你比作祖国

养育了我的祖祖辈辈

养育了祖父的一百年

父亲的七十年和我的人到中年

没有哪一滴水

不向往河流的召唤

没有哪一条河流

不向往大海的召唤

东方风来，吹动着自由的白帆

那嘹亮的声音，来自智者的号角

那高贵的灵魂，来自一个民族的自信

号角吹响，时间的入口打开了

像那些河流一样，我也向往入海

这是一片更加广阔的天地

需要一个更加宽广的胸怀

当我的胸中藏着一个大海

我的脚步就不会止步于溪流与湖泊

那些高山和险滩

就不是我选择安逸和静美的借口

当大海就是我唯一的方向

我的脚步就能蹚出一条自己的道路

是的，大海有无穷的奥秘

就像我们已经经历过的生活
但仍有许多未知
在等待着陌生的闯入者
然而我依然无悔地
选择这一行进的方向

是的，大海的彼岸
也有未知的闯入者
在宽阔的太平洋，我们必将相逢
只有勇敢的弄潮儿
才能激荡起那无边的风景
只有涌入的万丈光芒
才能抵达那深渊的宝藏

我，就是这样一个行动者
我们，就是这样一列集结的河流
新时代，就是这样一部行动的史书！

诗意核心价值观

杨泽远

1

你的心高了
三山五岳就会变成一粒沙
你的心大了
五湖四海就会变成一瓢水

2

提着江山轻轻松松走的人
一定能提动地球
骑着大海风风火火走的人
一定能驾驭宇宙

3

鸟声叫开宇宙之门，旭日为新一天打上印戳
我突然发现，祖国长高了许多，漂亮了许多
乡下的禾苗、花朵吹起唢呐，芬芳滴滴答答
城镇的吊车举起巨笔，在描绘着梦想的大厦

4

牡丹花，是国花，红色的瓣，金色的心

她向全世界，绽放雍容华贵，绽放馨香芳菲

那花瓣，你中有我，我中有你

让人想到美丽中国，想到人类命运共同体

5

春天的故事带着春风

蝶变脸上的苦愁为流蜜的欢笑

新时代新思想的旗帜卷起壮阔的风暴

丽化为浪花般盛开的奇迹的东方潮

6

闹元宵时，站在高跷上

不为别的，只为看到北风吹雪花飘

金麦推着一车车馒头，送到千家万户

红杏越过墙，把喜悦送到最想去的地方

7

炒一盘晚霞，烩一盘鸟鸣

坐着清闲，把着酒杯，谈着轻松

多么美好，就着星辉、银河与夜空

我们品着新时代的味道和风情……

8

齐白石的白菜，徐悲鸿的马

黄胄的驴，梵高的向日葵

所有古今中外千古不朽的名作

哪一个不是向上向前、接地气、有体温？

9

在老家，端一盆月色星辉来煮饭
忽然觉得，生活有了光彩
火也香，饭也香，喝几盅小酒
觉得满屋都香，整个世界都香

10

红军好浪漫！把二万五千里和饥寒交迫打
进绑腿
把雪山草地和风雨雷霆藏入八角帽的红五星
用枪刺挑开满天乌云种下胜利的曙光
用南泥湾的篝火彩排开国大典的焰火

11

瓦松上的乡愁，碾盘上的思念
在乡村小院的五星红旗上闪着
农家的生活，在红辣椒上火着
农民对祖国的爱，在心上闪着

春暖花开（组诗）

郁 葱

那些年，那些人

那些人年轻的时候，

这个国度苍老而颓衰，

天地崩塌，万千血色，

大道以远，烽火硝烟。

那一代人用年华点染亮色，

他们中的许多人，化为烟尘，

那些人互相偎依，

血肉连着血肉，

骨头挨着骨头，

后来，他们年轻的容颜变成碑文。

他们还没有做丈夫，

没有做父亲，甚至没有好好做儿女，

那些苦痛、磨难甚至生死，

不掩他们的坚忍和从容。

清晨雾色，深夜苦雨，

苍穹下行走着一些执着的影子。

有名字的成为英雄，

没有名字的成为尘土，

谁也不知道他们的躯体在哪块土地上消失，

但那里的枝叶，

一定比其他地方茂密。

那一代人。他们的青春像草，

不是衰草就是野草，

是衰草一火烧尽，

是野草春风再生。

宁玉石俱焚，不流年付东，

他们的血液里没有杂质，

他们的骨头上没有浮尘。

他们流血，是由于他们相信，

——从骨骼里、心脏里、血液里，

都相信。

那些年，那些人。

我一直在想，那些曾经擎起的右手，

现在已经松开，

还是依然，攥紧着拳头。

2020 年 9 月的一个正午，

我站在太行山的山顶，

我想，那一代人的质地，

就是这青山与江河的质地。

大地繁花

这个季节，青草和植物多了起来，

孩子们的声音多了起来，

百年颂歌

鸟多了起来，色彩多了起来。
那么多的叶子，不停地晃动，
树是那种不染纤尘的纯粹的绿色，
今天，我的国度行云流水，湿润饱满。

曾经的年代高树悲雨，
劲风戾而吹帷，
长天日隐，月圆月缺，
岁月坍塌，历史凹陷。

而烟尘已起，不思归去，
黄钟毁弃，必有远行。
那一代人为了得到阳光，
挽起他周围的兄弟们启程，
这片土地有多远的路，
他们的脚印就一直铺了多么远。
湘赣之畔，无尽烽火，
太行以远，再死再生。

最初点燃灯火的那些人，已经远去，
但山河仍在，阳光仍在，
岁月錾刻了那一代人的刚柔，
——柔付天地儿女，
刚予鬼魅酋敌，
气节如橡，微音似磬，
天经地纬，力擎大道，
不叹人生苦短，
亦恋山远水长。
那时山河悖乱，腥风血雨，
终不掩大地普照的一片阳光。

夜暗灯自暖，霞光拂青山。

此时，我们能够静下来，听阳光的叙述，

它让我们知道，千秋大业，

大业是江山，也是百姓；

它让我们知道，阳光照耀的每一棵草，

每一片叶子和每一块石头，

都是这片大地上的生灵和神灵。

万千血色，烟火时光，

看此时南北，流霞尽染，

九天之下，俱是一树繁花。

夜湘江

夜湘江。深夜的时候，

湘江就隐去了。

沿岸的灯光，比江水浩荡，

我望着远处的湘江，

他时而湍急时而舒缓，

如那位伟人，在这里唱"湘江北去"。

我知道湘江流向哪里，

但不知道他源自哪里，

其实所有传说中江水源头，

都未必是源头，

那么多的江那么多的水，

皆源于草木土石之间。

我看到江边草的颜色，

时间久了，它们都是江的颜色，

湘江沉默，在漆黑的时候沉默，

隐于暗夜归于凡尘。

长沙两岸的建筑鳞次栉比，

那些大厦都比湘江高，

而许多时候，更低的，却是经典非凡的。

湘江，他在夜里像积攒着刚性和柔情，

谁知道天光一现他便冲刷百里！

湘江平缓，青山黯然，

他们遥遥相望又遥遥相对，

你知道湘江昏黄的颜色怎不清明，

必是在泥沙浑浊的时候顺流而下。

夜湘江，湘江似隐。

若悲欢，若聚散，若离恨，

俱在湘江。

潇湘冷暖，则天下冷暖，

百水纷繁，无非湘江余波。

湘江，日夜平和。

夜湘江，如沧海时，

如桑田时。

平 山

一

平山是山。

是山就不平。

所以平山不平。

平山的山，
有早晨的颜色，
秋天的颜色和初霞的颜色，
那颜色，浸染岁月。

二
滹沱河的水温润温暖，
蕴藏着故事蕴藏着往事，
旧时风或急或缓必成昨日，
前代人东征西伐已成碑文。
这山里有风云亦有智慧，
那古河几千年静静流去，
那时光亦近亦远邈若山河。

三
平山水柔，水柔藏名士，
平山山巍，山巍有战神。
周回峭壁，异境天开，
千尺坠雪，百丈飞虹，
平山，一径清风中有迟见的紫云。

烛火微光，浮云过眼，
坠绪之茫茫，而大道有人担承。

四
蹄征马踏之时，百里烟岚，
腥风苦雨一过，万籁俱寂，
平山无战事，山河有风云，
滩地肥美，地宽粮丰，
千年风散，万世民安，

这山中稻麦两熟犬吠鸡鸣，

你呼喊一声山鸣谷应，

远天远地依旧是青纱无垠。

五

平山落雨了。

山间的叶子，更显丰盈，

待疾风八方后，星河浩远，

就想，就是夜晚再黑，

也总有灯会亮着。

有些灯一直亮着，

高天空阔，繁云如炬，

天无片尘，极尽苍茫，

灯光里曾有一些胸蕴峰壑的影子，

在一个年代里，创造了另外一个年代。

六

平山不平，平山不凡。

滹沱河百里一泻，

飞瀑之下，依旧如许青山。

绝世红颜

我在川南[1]，谒民国红颜，

红颜可听雨落泪，赏花低头，

红颜可枝附影从，柔若浅草。

似花娇艳，如水清纯，

飘若流风，蔽月回雪，

红颜可气韵生动手余书香。

---

[1] 赵一曼故居，位于四川宜宾市翠屏区白花镇。

然外寇之下，定见强者，
屈辱之中，必似男儿，
红颜一怒，鼙鼓雷鸣，
芳泽不染，铅华可弃。
红颜不在镜中，在金戈铁甲，
红颜不留脂香，而烽火烟尘。

干戈满目，兵挐祸结，
流血浮丘，龙战玄黄。
红颜面对儿女情长也曾垂泪，
红颜若遇敌酋倭寇傲笑三声。
红壤侠女，宁折不弯，
柔肠清骨，气节慷慨，
滨江抒怀，横槊赋诗，
不负黑水，无愧苍天。

今秋的大雁，以冷以暖，之北之南，
硝烟已过，世态平和，
那岷水依旧深远依旧浩荡，
莽苍苍留远去岁月的皱褶与刻痕。

我等后辈俱已白发，
而那红颜英女，必千载青春。

我热爱

我热爱。
我一直想说，我热爱。
热爱是一种本能，
所以，我热爱。

我热爱。爱心，

爱自己的心和别人的心，

心与血液相通与骨头相通，

心与脚底相通，脚底与大地相通，

心与大脑相通，而大脑与心灵相通。

热爱宏阔缥缈也热爱人间烟火，

热爱河，河能包容水，

热爱树，树的命运与人的命运几乎等同。

热爱生长热爱雨热爱晴天和绿色，

它们都关联我们的生存以及精神。

热爱敏锐也热爱迟钝，

热爱年少与老，

热爱所有的笑靥和泪水，

热爱甜和痛，

热爱丰厚也热爱孤单，

丰厚让人饱满，孤单让人沧桑。

见到孩子，我爱走过去跟他们说话，

热爱耳朵和手指，

我用它们触碰万物。

热爱唱歌的嗓音，

爱一群鸟，在早晨啄食。

爱青草，青草蓬勃的时候，

大树未必能比得了它的绿意。

爱花朵，花朵不炫耀，

该开该败，皆为自然。

爱阳光，阳光可以在脚下，

也可以在头顶，

头顶和脚下，它们的暖意没有什么不同。

热爱我的眼睛，

让我能看到博大的天空和微小的尘埃，

我的眼睛不看污浊，

尘世的良善才是我眼中的晶体，

至于那些污浊和芜杂，什么也不是！

我热爱，爱着这个国度，

蓬勃着或渗透着的暖意。

也热爱自己的品质和身体，

对自己有足够的认同，

把自己的身体和心灵放在这片土地，

就必然会感受那么多的幸运和幸福，

当然，也会经历苦难和磨难，

说到底，暑热寒凉、云短云长，

都是生活的一部分。

热爱草香，

其实一切都应该干净和纯正，

但我们总要面对生活的多样性，

面对那些还有些欠缺的现实，

融汇在一起，就是那片广袤深远的土地，

——那个多解的丰富的世界。

所以，我热爱。

我热爱，许多人也都热爱，

你闭上眼睛静静地想，

就会觉得，那么多的人，
都在爱着你。

我热爱。
天地之大，之远，
足够我，热爱！

相信未来

食 指

当蜘蛛网无情地查封了我的炉台
当灰烬的余烟叹息着贫困的悲哀
我依然固执地铺平失望的灰烬
用美丽的雪花写下：相信未来

当我的紫葡萄化为深秋的露水
当我的鲜花依偎在别人的情怀
我依然固执地用凝露的枯藤
在凄凉的大地上写下：相信未来

我要用手指那涌向天边的排浪
我要用手掌那托住太阳的大海
摇曳着曙光那温暖漂亮的笔杆
用孩子的笔体写下：相信未来

我之所以坚定地相信未来
是我相信未来人们的眼睛
她有拨开历史风尘的睫毛
她有看透岁月篇章的瞳孔

不管人们对于我们腐烂的皮肉
那些迷途的惆怅、失败的苦痛

是寄予感动的热泪、深切的同情
还是给以轻蔑的微笑、辛辣的嘲讽

我坚信人们对于我们的脊骨
那无数次的探索、迷途、失败和成功
一定会给予热情、客观、公正的评定
是的，我焦急地等待着他们的评定

朋友，坚定地相信未来吧
相信不屈不挠的努力
相信战胜死亡的年轻
相信未来，热爱生命

理　想

流沙河

理想是石，敲出星星之火；

理想是火，点燃熄灭的灯；

理想是灯，照亮夜行的路；

理想是路，引你走到黎明。

饥寒的年代里，理想是温饱；

温饱的年代里，理想是文明。

离乱的年代里，理想是安定；

安定的年代里，理想是繁荣。

理想如珍珠，一颗缀连着一颗，

贯古今，串未来，莹莹光无尽。

美丽的珍珠链，历史的脊梁骨，

古照今，今照来，先辈照子孙。

理想是罗盘，给船舶导引方向；

理想是船舶，载着你出海远行。

但理想有时候又是海天相吻的弧线，

可望而不可即，折磨着你那进取的心。

理想使你微笑地观察着生活；

理想使你倔强地反抗着命运。

理想使你忘记鬓发早白；
理想使你头白仍然天真。

理想是闹钟，敲碎你的黄金梦；
理想是肥皂，洗濯你的自私心。
理想既是一种获得，
理想又是一种牺牲。

理想如果给你带来荣誉，
那只不过是它的副产品，
而更多的是带来被误解的寂寥，
寂寥里的欢笑，欢笑里的酸辛。

理想使忠厚者常遭不幸；
理想使不幸者绝处逢生。
平凡的人因有理想而伟大；
有理想者就是一个"大写的人"。

世界上总有人抛弃了理想，
理想却从来不抛弃任何人。
给罪人新生，理想是还魂的仙草；
唤浪子回头，理想是慈爱的母亲。

理想被玷污了，不必怨恨，
那是妖魔在考验你的坚贞；
理想被扒窃了，不必哭泣，
快去找回来，以后要当心！

英雄失去理想，蜕作庸人，
可厌地夸耀着当年的功勋；

庸人失去理想，碌碌终生，
可笑地诅咒着眼前的环境。

理想开花，桃李要结甜果，
理想抽芽，榆杨会有浓荫。
请乘理想之马，挥鞭从此起程，
路上春色正好，天上太阳正晴！

北京奥运抒怀

杨修正

多少年的梦想，多少年的祈盼

多少年的拼搏，多少年的流汗

中国申奥历尽艰辛，几经磨难

终于获得二〇〇八年北京奥运主办权

这是中华民族坚韧不拔的意志

这是国家强盛民族兴旺的体现

中国人民扬眉吐气、兴高采烈、喜地欢天

全国人民同心同德，再接再厉

为奥运而奋战

以最好的场馆，先进的设备

优美的环境，热情的服务

舒适的生活，骄人的战绩

向世人展现

二〇〇八年

北京奥运规模宏大，盛况空前

让国人为之自豪，令世人为之赞叹

她将永载史册，铭刻世间

让其精神发扬光大，世代相传

最后一分钟

李小雨

午夜。香港，

让我拉住你的手，

倾听最后一分钟的风雨归程。

听你越走越近的脚步，

听所有中国人的心跳和叩问。

最后一分钟，

是旗帜的形状，

是天地间缓缓上升的红色，

是旗杆——挺直的中国人的脊梁，

是展开的，香港的天地和天空，

是万众欢腾中刹那的寂静，

是寂静中谁的微微颤抖的嘴唇，

是谁在泪水中一遍又一遍

轻轻呼喊着那个名字：

香港，香港，我们的心！

我看见，

虎门上空的最后一缕硝烟

在百年后的最后一分钟

终于散尽；

被撕碎的历史教科书

百年颂歌

第 1997 页上，
那深入骨髓的伤痕，
已将血和刀光
铸进我们的灵魂。
当一纸发黄的旧条约悄然落地，
烟尘中浮现出来的
长城的脸上，黄皮肤的脸上，
是什么在缓缓地流淌——
百年的痛苦和欢乐，
都穿过这一滴泪珠，
使大海沸腾！

此刻，
是午夜，又是清晨，
所有的眼睛都是崭新的日出，
所有的礼炮都是世纪的钟声。
香港，让我紧紧拉住你的手吧
倾听最后一分钟的风雨归程，
然后去奔跑，去拥抱，
去迎接那新鲜的
含露的、芳香的
扎根在深深大地上的
第一朵紫荆……

美丽的白莲

晏　明

永远的呼唤。

四百年的呼唤。

四百年的期盼，

四百年沉重的眷恋。

四百年离散的澳门，

度过四百年痛苦思念。

一朵美丽的白莲飘来，

笑着，笑着，飘来。

碧蓝蓝的海水，

碧蓝蓝的天。

澳门，一片碧蓝。

祖国，一片碧蓝。

喜悦的泪水淌满腮，

迎来串串白莲盛开。

四百年的苦苦思念，

霎时化为彩霞璀璨。

四百年，四百年，

绽开最美的欢笑，

最美的欢笑

是归来的白莲……

小道与大道

——献给改革开放 40 周年

江 凡

1

时光如水，而望城冈的春天，一往情深

一条小道，蜿蜒在南昌北郊的山冈上

在这片被崭新命名为"新建区"的大地

这条小道，将一个大写意的春天唤醒

这条小道，将无数双探寻的眼眸牵引

这条小道，将一段深重的历史与传奇铭记

这条小道，与乡道、县道、国道紧紧相连

与真理之道、光明之道、正义之道紧紧相拥

与国家的命运与世道人心紧紧依偎

在中国乃至世界的宏大版图上

这条看上去并不起眼的小道

却构筑起一条人心所向与中华复兴的康庄大道

2

青松掩映，修竹摇曳，月桂葱郁

山茶花蓓蕾初绽，桃花梨花早已芬芳满庭

鸡鸣三声，晨曦和煦

废弃的南昌陆军步兵学校"将军楼"里
走出了一位神情镇定的老人

7：35 从家动身，一条小道
沿着荒坡与田埂徐徐延伸
红土为盖、芳草丛生，1.5 公里，3000 余步，25 分钟
已经 65 岁的老人脚下生风，一路疾行
从住处到工厂，一天两个来回
委屈与失意早被踩在脚下
两旁，雪白的栀子花芳香四溢

3

1970 年的初春，乍暖还寒
新建县拖拉机修造厂的车间里
锤头与钢锭碰撞出沉闷的声响
一张铣床前，一个叫"老邓"的老钳工
一丝不苟，汗湿衣衫

只见他，一手握着钢锉，一手拿着齿轮
把命运的起起落落与人生的悲喜荣辱
一次次细心啮合，耐心磨砺
三年，一千多个日子，
老钳工一丝不苟，目光专注而坚定

4

春光不可负，春时不能误
"将军楼"院子里，这位老人乘着春雨浸润
在两片新拓出的菜地上松土
种上了白菜、辣椒、丝瓜、苦瓜和豇豆

此刻，这位老人不仅仅是一位园丁

更是为人儿、为人父，为人夫

别看他上了岁数，作为家里唯一的"壮劳力"

他种地、养鸡，劈柴、生火

最惬意的，是喝一小盏烈酒

遥看窗外梅岭，山峦辽阔

最深沉的，是在黄昏落日之前

绕着院子一圈圈散步

那是在忧思他的祖国和人民的命运前途

5

寒冬遮不住，梧桐新叶出

1973 年 2 月，春天的讯息传遍江南

长满了大地、旷野、山坡

还是这一位老人

他从车间里走出，拍拍身上的尘土

他从小道一路往前，越过长江黄河、大地神州

回到人民的首都

他带着最亲近泥土的思索

和最贴近人民的初心与真挚

设计了从一条小道迈向

中国特色社会主义大道的旷世宏图

6

哦，这条小道，人们把它亲切地唤作"小平小道"

它蜿蜒曲折，通往繁花簇拥的时光深处

哦，这条小道，它一点也不宽敞

却从磨难与探索中指引方向，凝聚力量

哦，这条小道，它志向高远

挣脱江河湖海的阻隔羁绊，奔向远方，拥抱世界

哦，这条小道，它春风浩荡

紧贴着爱意深沉的大地，抵达十三亿人民的心坎

航母赞

徐高峰

祖国的东海
祖国的南海
祖国的黄海
祖国的渤海
祖国的太平洋供给线
祖国的海洋安全
需要航空母舰

二〇一一年八月十日
历史会铭记这个日子
中国的首艘航母
由大连海港出发
正式试航

从东海之滨
到莽莽昆仑
从华中腹地
到雪域高原
数万万中华儿女
翘首以待

二〇一一年八月十四日

历经五天的游弋
航母试海胜利归来
百年的强军梦
凝聚在抛锚的一刻

看历史浮沉
忆甲午硝烟
屈辱的中华近代史
与大海相依
与战舰相伴

毛泽东同志说过
落后就要挨打
小平同志也曾说过
发展才是硬道理
惊醒的东方巨人
奋起的炎黄子孙
从党的十一届三中全会开始
踏上了
走中国特色社会主义经济建设之路
踏上了
走中国特色精兵之路

三十年改革开放
三十年实战练兵
我们实现了经济建设的辉煌
我们拥有了强大的国防

一艘航母
代表不了一个国家的军力

一艘航母

赢不了一场现代化局部战争

但正是一艘航母

却点燃了军中男儿

心中熊熊烈火

好一个航母试航

祖国为你喝彩

军旗为你高歌

中国天眼

吴治由

广袤的宇宙空间，是人类的共同家园；不懈探索浩瀚宇
宙，是人类的共同追求；蓬勃发展的天文科学，是人类的共
同财富。

——习近平在国际天文学联合会第 28 届大会开幕式上
的致辞

1

要相信，科学才是引爆地球最终的时尚
只有科学的骤风，才能成为人类和宇宙
永恒的焦点。就像爱的暗语，总悬挂在高处
即便是星光，也只有勇敢的智者才能萃取

而时间的简史，就此推演进了 1993 年秋天
日本、东京，第 24 届国际无线电科联大会
那是天文科学的洪流，在此云集
那是从字母的表达，到笔画的书写
那是从英语的描绘，到汉字的叙述
无数声音、无数关于未来的：眺望与预言

可天文科学的灵感，却总是昙花一现
浪花也只有一朵。但就在它闪现的刹那间

早已被一位名叫南仁东的中国天文科学家
盯上，还一把捕捉，并就此用生命紧紧包裹——

不论是"LT""NGRT"，还是"SKA"
一平方公里的观天阵列，抑或后来居上的
"FAST"，傲视苍穹"突破聆听"的翘楚
关键时刻，21 世纪的中国和春风万里的中国人
敢于站起来，向世界高声喊出：我在！

2

不要说：世界因你而精彩或世界因你而存在
我只想知道，是什么样的一群特殊的人
暗暗较劲，独自在天文科学的史册上勾勒出
一个象征主义的圆，并成为第一时间
中国向世界拿出的：中国概念和大国方略

于是，从华北到云贵、从平原到高原
从北纬 39.5427°、东经 116.2317°
直抵北纬 25.6472°、东经 106.8558°
飞扬着一场天文科学大写的长征
那是大自然与喀斯特洼地的天设地造
更是一个孕育了 5000 年文明史的
泱泱国度，要在宣纸的逶迤上：泼墨挥毫

呵！说什么云海苍莽，那是江山盛景
那是理想与信念、智慧与手与心的耕耘
要在 960 万平方公里的大地上演奏时代乐章
那是内心的原动力与一切简单或复杂方程式
的点、线、面，又一次重新塑造的完美组合

更是 14 亿人异口同声喊出民族复兴的肺腑

嘿！开山哟碎石，拓土哟运输、修筑——
爆裂的轮胎、烧毁的刹车片、损毁的钢毂
黄的红的安全帽，蓝的灰的工装，破损的鞋
大锤、钢钎、镐子，箩筐、扁担、马匹……
夜以继日，迎着天文科学的高山擂响了战鼓

嘿！开山哟碎石，拓土哟运输、修筑——
对讲机、破拆器、测量仪，扳手、焊接工具
足底的水泡、手中的茧子、干裂的唇和痂上的血
还有那滚烫却又与雨水交融的汗水和泪水……
夜以继日，迎着天文科学的大海吹响了号角

而我又怎能忘却，每一个天文学家、工程师
科技工作者，以及每一个普普通通的建设者
甚至绿水大窝凼易地搬迁、精准脱贫的老百姓
他们前一秒刚住进安置房，后一秒旋即转身
全身心，又转战到了中国天眼的施工现场

这里呵，曾是他们从不曾想到要抵达的：远方
这里呵，曾是他们从不曾想到要离开的：故土
如今却又成为他们重新认识自己和世界的原乡
在这里，他们已凝聚成了一支不惧征途的队伍
在这里，他们要通过不懈努力向科学的峰顶冲锋

3

我没理由不满怀感慨，没理由不大声说出：爱
无论在大窝凼的施工现场，还是北京、上海……

一个个不为人知的研究室，克难攻关的车间
他们敛气凝神，他们灵感喷发，他们不怕失败
失败了重来，敞开胸怀里所有的门窗
一次次从零开始，一次次战胜前所未有——

什么毫米级，什么超级材料、温度和位置准确
什么轴向高度和磁场干扰
什么大跨度钢构和公里范围高精度动态测量
又什么天线制造、微波电子、并联机器人……

又什么：
9000 根高精度、高强度钢索连接的反射面索网
4450 块边长 10 —12 米的三角形反射面板单元
2400 个节点下方连接下拉索和促动器装置
1600 米周长的钢构圈梁，50 多层楼的高度
1/4 个鸟巢和 30 个足球场，再到
30 吨、1600 吨、5600 吨，不断飙升的重量……

从大窝凼的洼地施工到浇筑繁星般繁密的水泥墩
从一颗螺丝钉到一根钢构、索网材质的择优选拔
从一块反射面板的大小，到六座高塔的排兵布阵
从馈源舱的精准度，再到"天眼"的超灵敏感应
和稳定系数……无数盏昼夜通明的聚光灯
都一一准确无误地击打在每张一丝不苟的脸上

呵！我又有何理由不去相信——
是世界的就是中国的，是中国的就是世界的
这个真理。而我也必将相信：这就是
世界最大、中国唯一的
500 米口径球面射电望远镜

21 世纪，人类天文科学历史上的：史诗巨制

每次，只要想起的那一瞬间我似乎就又置身现场
变成一个科学家、工程师或一个无名的建设者
钻进吊塔，绑好了安全带，打开了对讲机
一次一次，用嘶哑而兴奋的声音下达指令：
捆绑
起吊
安装……

从地面到空中，从空中到地面
沿着坡度上升，沿着坡度下降
白天和黑夜，共和国的脊梁无时无刻不围绕着
一只观天的巨眼，在那里：精雕细琢
什么眼眶、眼球、眼睑，又什么视觉神经元……

而这一切，却不单单只是为了在世界的东方
太阳系里蔚蓝色的星球之上：绘一张
史无前例的天文科学的蓝图，画一个超乎完美
的圆。然后，将人类的目光向着 60 亿光年
的外太空顺延，并就此搭上地外文明的天线
甚至是将整个寰宇：坚决、彻底地狩猎

我愿相信，这是人类社会发展的鞭挞与必然
是一个个大时代楷模的神工鬼斧和匠心独运
我更坚信，这是 21 世纪逐鹿科学的主战场
是百分百的中国元素，突破国际封锁之后
又一国之重器，正一天天在鏖战中逆境而生

就这样呵！说什么烈日当空又什么月影西斜

还什么汗如雨下抑或是热火朝天的无畏险阻……
从 1994 年凤凰涅槃伊始，到 2016 年 7 月 3 日
中国天眼的最后一块反射面单元结束安装
再到 2016 年 9 月 25 日终于摁下按钮成功启用

22 年，22 年呵！8000 多个日日夜夜
就在中国，就是一群平凡又伟大的中国人
竟建成了一座 500 米口径球面射电望远镜
22 年，22 年呵！8000 多个日日夜夜
就在西部，就是绿水青山的云贵高原
竟建成了一座完完全全中国独立自主知识产权的
巡天利剑

多少人，竟因此而热泪盈眶和失声恸哭
这时候，总有人为此不停奔走和大声疾呼：
他们是怎样的一群英雄人物
他们倾其一生构筑起了新中国多少新的历史高度
他们的成功到底又打破了多少吉尼斯的世界纪录

4

事实由此证明：伟大民族本来就有坚强的意志
迎着朝露，每天都能走出一条铸就辉煌的道路
事实由此证明：伟大国度有着不可比拟的气度
迎着太阳，每迈出的一步都蕴含着历史的厚度

中国天眼呵，你就是中华民族骄傲的脸庞
是你，也只有你，才能坐拥举世的瞩目
中国天眼呵，你就是中华民族高贵的头颅
是你，也只有你，才能沟通：天、地、人

一切时间与空间的维度！可是，此时此刻
我却只能反复地说出：时间
一切时间的简史，一切简史的时间
就这样伫立在文明古国云贵高原上放声朗读：

中国
　　贵州
　　　　平塘
　　　　　　FAST
　　　　　尖端科技
　　　　　大国重器
　　　　　　中华民族，乃至全人类的财富！

第四辑

最美时代

春风再一次刷新了世界

李少君

寒冷溃退，暖流暗涌
草色又绿大江南北
春风再一次刷新了世界

浓霾消散，新梅绽放
卸下冬眠的包袱轻装出发
所有藏匿的都快快出来吧

马在飞驰，鹰在进击
高铁加速度追赶飞机的步履
一切，都在为春天的欢畅开道

海已开封，航道解冻
让我们解开缆绳扬帆出海
驱驰波涛奔涌万里抵达天边的云霞

海洋强国的曙光
——写在我国首艘国产航母首次试航的日子里
尹元会

一

承载着多少年的期盼
承载着多少人的梦想
2018 年 5 月 13 日 7 时许
在这初夏的早晨
笛声悠扬
划破寂静的长空
我们的首艘国产航母开始试航

翌日
在朝霞漫天的时候
我登上异乡的山岗
来不及揩去额头上的汗水
急忙踮起双脚
向那遥远的北方海域眺望
我多想端详
航母那伟岸的身躯
我多想倾听
航母汽笛那醉人的鸣响

二

站在高高的山岗

旭日冉冉升入苍穹

白云缓缓飘向远方

历史长河的涟漪啊

也在我心中久久荡漾

凝眸过往

我仿佛看见

郑和统帅他的舰队

乘风破浪

挺进在浪涛滚滚的红海

扬威在辽阔的太平洋印度洋

七下西洋

没有称霸

没有扩张

把炎黄的文明和友好

把东方大国的先进和风尚

带给异国

传给他邦

自豪啊

骄傲啊

我自豪着华夏的雄风

我骄傲着故国的辉煌

回首曾经

我也仿佛看见

甲午海战的战场

北洋水师全军覆没

邓世昌壮烈殉国万世流芳

甲午海战

那是国家的耻辱

那是民族的灾荒

悲愤顷刻溢满我的胸膛

纵然有晨风阵阵送爽

纵然有小鸟在身旁的枝头歌唱

怎么能止住我眼中的泪滴

怎么能拂去我心中的忧伤

三

站在高高的山岗

我纵目啊

我纵目到

在北方的海域

在我可爱的故乡

泛起了海洋强国的曙光

站在高高的山岗

我展望啊

我展望到

我们强大的航母舰队

喷薄欲出

即将驰骋在蔚蓝的海洋

捍卫世界的和平

镇守祖国的海疆

朱日和：钢铁集结

刘笑伟

这是战斗的集群在集结，
在辽阔的、深褐的大漠戈壁疾驰，
翻腾起隆隆的雷声。
犹如夏日的篝火，用暴雨般的锤击，
为祖国送去力量和赞美。

这是战斗的集群在集结。
金属浸透迷彩，峥嵘写满军旗。
中国革命的果实，在我们思想的丛林
扎下深深的根：长征，依旧每夜
在灯光下进行，延安窑洞的烛火
响彻我们灵魂的四壁。

我们是中国军人，
是绿色的海洋，是枪炮所构造的
金属的鸽子，是夏日乐章中
最热烈的一节；是峭壁上的花朵和黄金，
是转折关头升腾的烈焰，
是凤凰涅槃般的浴火重生。
我们守卫着黄河的古老，
守卫辽阔的海洋和天空，
以及敦煌壁画的色彩。

百年颂歌

我们热爱的云朵，垂下雨滴
守卫祖国大地上每一粒细微的种子。

这是战斗的集群在集结。
电磁的闪电蓄满山冈，
巨舰驶向深蓝。
我们是深山密林内，大漠洞库里，
直指苍穹的利剑，
是冲击蓝天的极限飞行。
是惊涛骇浪里，潜在最深处的
无言的威慑。我们是神舟，是北斗，
是天河，是天宫，是嫦娥，是蛟龙，
是写在每个中国人脸上自豪的微笑。

这是战斗的集群在集结。
我们是强军征程上，品味硝烟芬芳的
年轻的脸孔；是迈向世界一流的
热切的渴望；是热血开在身体外的
漫山遍野的红杜鹃。

只要有古老的大地，只要有复兴的梦想，
只要有美丽的人流和耸立的大厦，
我们就会永远用警惕的姿势抗击阴影，
只要有祖国的概念，只要和平与爱情，
我们军人的意义就会永远
在大地上流传，绵绵不绝。

复兴号，开往沂蒙的春天

李文山

一

改革开放四十周年的捷报刚刚收悉

黎明就为我们送来了人民共和国七十华诞

济莱临高铁开工的消息伴随着春天的花香

时速由二百五十公里提高到三百五十公里

继新亚欧大陆桥的六条铁路在临沂交汇

我们又将迎来复兴号的汽笛鸣响

沂蒙微黄的皮肤泛出耀眼的稻浪

祖先给我的黑头发轻轻飞扬

遥望我们心目中的北京人民大会堂

世代不变的黑眼睛一闪一闪

眼角有幸福的泪珠，划过期盼的脸庞

我们正大踏步走在民族伟大复兴的路上

比任何时候都要接近自己的梦想

十九大已经开过了，时光静好

总书记那亲切暖人的话语让我们心情激荡

我们在我说起您的时候

高大的银杏正挂满了累累白果

一颗一颗，像锦囊十足的东方智圣

剖开可见鞠躬尽瘁的纯洁

沐浴着春天爽爽朗朗的阳光

新中国的七十年不同寻常

毛泽东用如椽大笔写下平平仄仄的诗行

中国人民从此站起来了

是老人家写在东方大地最得意的构想

最后一块布，做军装

最后一口饭，做军粮

最后一个儿子，送战场

常于小米的滋养，再加上步枪的征战

共产党人便具有了战略家的目光

人民养育我们，我们要让人民吃饱穿暖

成为老一辈革命家笔下最美最炫的意象

改革开放的四十年不同寻常

祖国啊，在我们说您的时候

我就会想起四十年前的那个小个子四川人

巨手一挥，推动思想大解放

乍暖还寒的中国摸着石头过河

十八枚红手印以群众首创的诗眼闪亮了整个东方

我们顶着欧风美雨奋勇前行

四塞之崮、舟车不通的人买天下、卖天下

让锦绣大地勃发出震惊世界的力量

砥砺奋进的五年不同寻常

祖国啊，在我们说您的时候

我就会想起五年前坐着班车进城打工的红嫂

怀里还揣着滋养红色革命的鸡汤

那时农民工还没有像城里人一样挺直腰杆

牵着自己的孩子上学求教或者就医问药

战战兢兢递上皱巴巴的暂住证

不想却被弹簧门弹得晕头转向

头一回在自己故乡之外，四顾茫然
只得低下那张锅灰与泥浆染黑的脸庞

今天，我要说我亲爱的祖国啊
是您在曾经站起来、富起来的历史烟云里
山水沂蒙是我们的宝贵优势和品牌
以一块红头巾包裹了华夏复兴的梦想
再次从几千年长河中漂洗脱浆
山顶松柏戴帽、山坡果林缠腰
山下良田成片、河沟鱼鸭欢跳
破除二元结构，推进城乡一体
深化改革努力为，甩开膀子加油干

从和谐号嬗变为复兴号的动车
目标锁定于新时代明媚的春光
不仅仅是速度的简单提升
不仅仅是质量的科学飞跃
中国强起来，中国强起来，中国强起来
精准扶贫，不让一人止步于全面小康
一面锤头与镰刀交相辉映的旗帜
在红色沂蒙成为全世界最崇高的仰望

二

春天，您捧着沂水蒙山的笑靥款款而来
春天，您踩着中国物流之都的节拍翩翩而来
复兴号，开往沂蒙的春天
当京沪高铁二线进入国家十三五规划
又传来鲁南高速铁路即将通车的号外
在黄海之滨，在山东东南，在世界东方

在地处长三角经济圈与环渤海经济圈结合点
一路高歌的您，风姿绰约是那样的令人神往

祖国啊，我是您天空中一只震旦鸦雀
携着沂蒙七十二崮山清水秀的晨曦呢喃
祖国啊，我是您田埂边一株沂州海棠
含着世界滑水之城六河贯通的露珠歌唱
我是您大海上一尾脊鳍鲸鱼
踏着最佳文化生态旅游城市的命运冲浪

在权力遭遇腐败挑战的尴尬岁月里
我把焦灼的眼神定格于鲜血染红的党旗之上
没有免罪的丹书铁券，中国没有铁帽子王
世界上更没有腐败分子的避罪天堂
得罪千百人，不负十三亿
打虎拍蝇的力度前所未有
我在《永远在路上》找到了激浊扬清的希望

祖国啊，在党与魑魅魍魉生死存亡的搏斗中
我倾听到了紧要关头猛药去疴最激烈的绝响
在复兴号风驰电掣的八纵八横高速铁路网
我登上了幸福加速迈向全面小康的起点站
祖国啊，"两个一百年"将为未来校正前进的方向
我们这些吮吸着您乳汁长大的儿女
就是一株向日葵，永远向着自己心海里的太阳

三

祖国啊！我所有的圣洁都只因为您
祖国啊！我所有的担当都只因为您

祖国啊！我所有的忠诚都只因为您

建党一百年后，我想自己可能会拄起拐杖
但我依然会像孩童时代蹒跚在您的山峦
不忘初心，继续前进
让漫山遍野的花果和我一同酿造蜜汁
看得见山，望得见水，记得住乡愁
还记得住我奉献给祖国的一颗忠心赤胆

建国一百年后，我想自己可能已不在这个世上
但我留下遗嘱让我的子孙去追寻您的荣光
让他们依然如少年之我一样
沿着"一带一路"开辟的崭新航道
在风平浪静的水域去扯您船上的帆
像海鸥那样快乐着，停泊或飞翔

新时代、新思想、新使命、新征程
复兴号擘画的宏伟蓝图是那样的催人奋进
若干年后，我的笑容将风化成沂蒙石
若干年后，您的青春事业将风采依然
我们对改革开放四十周年最好的纪念
就是要在改革开放上有新作为，有新担当
走过千山万水，仍需跋山涉水
将改革进行到底，推动中国巨轮再度乘风破浪
祖国啊！您描绘的那个春暖花开的复兴梦
是我，也是您所有的孩子们
生命中最朴素最坚定最真诚的永远向往

这支队伍，还像当年

牛庆国

这是一支队伍
一支叫作共产党的队伍
当年他们跟着红旗出发
跌倒了爬起来
再跌倒再爬起来
红旗爬雪山他们爬雪山
红旗过草地他们过草地
红旗被打出了弹洞
他们的身上就有了伤口
但红旗一直在前面飘着
他们一直在红旗后面跟着

走着走着
每一个人都走成了一面红旗
他们的血流在大地上
就是把红旗铺在了地上
他们的血流在江河里
就是把红旗漂在了水面上
那时 风好大 天好黑
一面面红旗在黑暗中迎风飘扬
那些不停奔走的人们
为了让人民看见光明和希望

往往就忍不住把自己撕开
亮出身体里的那面热血沸腾的红旗

后来
越来越多的人就知道了
这红旗的含义
寒冷的时候它就是燃烧的大火
这红旗上的锤头
只有被叫作人民的人
才能把它高高举起
而锤头砸起的雷鸣和闪电
叫作革命
也知道这红旗上的镰刀
在通往庄稼的路上
披荆斩棘
它坚定的身影
一往无前

这支一百年前出发的队伍
这支从苦难的人民中走来的队伍
这支连死亡都挡不住的队伍
在一条别无选择的路上
从一个村庄到另一个村庄
从一道天险到另一道天险
从一场厮杀到另一场厮杀
从一个黎明到另一个黎明
那时他们带着生命和热血
带着一身坚硬的骨头
带着理想的种子
为着心中的信仰

百年
颂
歌

奋不顾身
一个民族
在他们的脚步声中醒来
一个国家
也跟着他们南征北战

一百年过去了
一百年的路上一个人倒下去
千万个人跟上来
如今这支前赴后继的队伍
已拥有九千万多之众
而他们的身后是十四亿多的人民
他们浩浩荡荡
在九百六十万平方公里的土地上
奋然前行
冲锋陷阵
他们为当初立下的誓言而战斗
为人民幸福
为民族复兴
一个又一个堡垒被攻下
一个又一个胜利到来
但人民的贫困
却作为一个顽固的堡垒
像另一座雪山
另一片草地
另一条大渡河
横在前进的路上
贫困就是号令
战斗别无选择
这场战斗

被命名为脱贫攻坚战

为人民的吃饭问题而战

为人民的穿衣问题而战

为人民的住房问题而战

为人民的看病问题和孩子上学问题而战

好在这支身经百战的队伍

一路走来

从来不怕攻坚

今天更加不怕

集结队伍吧

立下军令状吹响冲锋号

义无反顾

一场没有硝烟的世纪决战

就这样在中国大地上展开

长城内外 大河上下

壮怀激烈

一往无前

那时

有人把自己当成一粒种子

埋在人民中间

有人把自己当成一片犁铧

深入春天的土地

有人把自己当成一棵树苗

用绿色的希望

擦亮渴望的眼睛

有人把自己当成一面红旗

飘扬在贫困的制高点上

就像当年

有人把自己当成一粒子弹

有人把自己当成一把大刀

有人把自己当成一把火炬

有人把自己当成铺路的石子

"精准扶贫"是一种战略

"一户一策"是一种战术

驻村第一书记帮扶干部

帮扶单位

是这个时候特殊而亲切的称呼

坚决打赢 决战决胜

全面建成小康

是这个时候最响亮的口号

就像当年全民抗战

就像当年解放全中国

鼓舞着这支队伍和全体人民

走村入户

让一缕缕春风

推开一家家贫困户的家门

仿佛当年发动人民参加革命

革命 就要大无畏

把精神振作起来

把信心鼓舞起来

把智慧点亮

让勤劳和勇敢闪闪发光

告诉人民 贫穷不是社会主义

社会主义的人民必须富裕起来

"扶贫路上 一个都不能少"

就像当年前进的路上

不能让一个人掉队

战斗打响了
必须把贫穷的影子
从每一个人身边每一户家里
每一个村子每一片土地上
坚决赶走
正如当年坚决干净彻底地
消灭每一个敌人

那时
每一面旗帜上写着攻坚两个字
每一个人的心里
装着脱贫两个字
每一个梦想都是富裕
每一个脚步都在奔向小康的路上
每一个有风有雨的日子
每一个阳光灿烂的日子
都是夺取阵地的日子
每一个星光照耀的村子
每一个万家灯火的山乡
都是克敌制胜的阵营
必须让贫瘠的土地不再贫瘠
必须让荒凉的山头不再荒凉
必须让寒冷的心头充满温暖
必须让幸福的花朵
开遍家家户户
一天天 一年年的日子
在战斗中过去
这支队伍又打赢了一场硬仗

共产党人的故事

被书写在人类战胜贫困的史册上

写下一个又一个村子的脱贫故事

写下一个县又一个县摘掉贫困帽子的传奇

写下一个国家走上小康的壮举

那些曾经愁苦的脸上绽放着笑容

那些曾经弯曲的腰杆终于挺拔了起来

那些曾经贫困的日子终于成为记忆

今天和风吹开了万紫千红的春天

今天细雨滋润着拔节的庄稼

今天阳光照亮丰硕的果实

今天飞雪迎来又一个春天

奇迹在中国大地上又一次诞生

这支战无不胜的队伍

用他们对人民的赤胆忠心

写下新时代的共产党宣言

今天

他们为红旗上的锤头和镰刀

又一次淬火

向着新的目标又一次出发

这支队伍 还像当年

花鹿坪扶贫记

王单单

1

又去村子里转了一圈

史周才搬了新家

陶马绍的地皮刚刚硬化

徐声艳的女儿辍学数月

多次劝返，终于登上回程的火车

无数次告诉过徐家三，我姓王

他无数次追问我，你是谁

转到一块荒地里，有间房子

常年空着，可能要挨近年关

吕道荣才会回来

转到冯先海家，给我道歉了

昨天村民开会，他因病缺席

——转。一直转，像陀螺

这辈子总被抽打着

转，继续转，转到

暮色四合，转到月出高山

噫，你抬头看看

月亮是不是天上的贫困户

需要我们用尽离别与孤独

一次又一次地帮扶

2

临时救助 500 元，用于补齐短板

缺少厨具，就买厨具

缺少衣柜，就买衣柜

缺少沙发，就买沙发

窗子坏了就换

门坏了就重新安

可陈石分最想要的不是这些

她丈夫走得早

女儿出嫁，儿子在外务工

她的短板是爱，是孤独

是一个人坐在空荡荡的家中

无法抵御的严寒

——她需要的，我也没有

她想买一张能插电取暖的桌子

但这超出了救助金的使用范围

"小王，500 块钱的慈悲

能否换得一个暖冬的慰藉"

我在她浑浊的目光里

读到了这一句，便在心里默许她

"买吧，大不了我赔"

3

听到我的声音在屋后响起

李家英赶忙打扫家里的卫生

她 62 岁了，反应竟然那么灵敏

我进屋时，她刚扫完屋子

假装在整理床铺，灰尘尚在飞舞

我已上门督促过很多次了

她也想表现得好一些

可她才从苹果园打零工回来

在那里除草，60元一天

加上养老金，加上地租，加上赡养费

她可以活得很好。但她暂时

把赡养费这一笔刨掉了

她说还动得起，还过得去

其实她是想给儿子减轻点负担

她是一个母亲，和我的母亲一样

矮小，瘦弱，带着一股韧劲

4

初见郑兴富，他喝醉了

大闹村委会，见着谁都要比画两下

平时战天斗地的村干部们，不约而同地

对他一忍再忍。几天后

我去郑兴富家走访，他见着我

竟然瑟瑟发抖，从那个不可一世的酒徒

骤然做回了本分的农民。他住在

修缮加固的房子里，凌乱的物什

散落一地。他驼背的妻子陆应窈

就住在正对面，房屋条件好

室内相对规整。两人都一口咬定

他们早已离婚。最近我又去走访

斜阳晚照，他俩坐在菜地里

看起来像一对恩爱的夫妻

面对我再三追问，二人终于承认

以前真的离了，可自从

唯一的孩子死后，他们
又在一起

5

如果空气需要付钱，阳光不再免费
你早已成为饿殍，横呈于乱草
你正值壮年，当是男人扛鼎之日
有双手，为何揣进裤兜
有双脚，偏要自绝于道路
你看看，这些墙根下的蚂蚁
它们都懂得搬运米粒、虫子
如果你继续懒下去，总有一天
它们会把你也搬走，连肉带骨……

——我如此训斥陆应章。他开始
沉默，后来脸红，再后来恼羞成怒
"沟死沟埋，路死插牌。我的命
捏在我手里，你不要来干涉"

几天后，我路过卯家冲
寒风中有人在搬砖，走过去一看
陆应章站在那里，手上全是泥
看见我后，他脸上堆满笑容
那笑容里，有着深深的歉意

6

五十多岁的中年妇女，在炉火上
煮鸡蛋。沸腾的清水中
还有两枚光绪时期的银圆

她说这样煮，能治病

我让她去正规医院治疗

交了医疗保险费，可以报销

她翻出几枚银戒指，把最旧的

举到我眼前，脸露出了少女的羞涩

我知道，这是她结婚时用的

她做了许多布鞋，却不卖

她一双双拿着给我介绍：

这是给爹做的

这是给他（丈夫）做的

这是给女婿做的

这是给儿子做的

如果你喜欢，这双就送你——

也不向你索要低保

7

宁为百夫长，胜作一书生

除了驻村扶贫队员，我还担任

花鹿坪 13 社第一村民小组组长

三十多年来，第一次当领导

有点心慌。这个社有 141 户 410 人

社员有金忠云、李仕省

陈永华、史昌斌、谢开国、卯昌美

王丛雕、徐春玉、杨永翠、罗兴树

高德贵、朱文好、刘天琼、马关望，等等

就像秋天之后，田野里这些

仍然顽强生长的植物：

银叶桉、鬼针草、荻草、蔓黄、青蒿

火棘、白茅、茅莓、醉鱼草、苜蓿

飞蓬、蒲公英、车前草、野葵……
或许，他们卑微、困厄甚至有些潦草
但凡事凡物，皆有自己的神圣——
你问问，那些目不识丁的父亲
如何给自己的儿子取名

8

花鹿坪位于昭通城南郊
离城 13 公里。回、汉
两个民族相安而居
也是几年后，昭通市
花鹿坪机场所在地

花鹿坪盛产苹果
数万亩苹果基地已然连片成形
接天的树苗长在山冈上
或许，用不了太多时日
你会惊觉：一夜春风起，万树苹花开

开花成海，结果为洋
那时候，人们从四面八方涌来
或为观花，或为摘果
那时候，人们将会重新定义
花鹿坪这个地名
"呦呦鹿鸣，食野之苹"——
一个现代的农村，将为《诗经》
找到佐证

忆建档立卡户老彭

赵之遽

阳光轻轻摊开经年的村寨

老房还在，蜂箱一如既往地
把身子藏在岁月的泥墙里
只留着一扇门，等蜂归来

土墙上的二胡，有些孤冷
年迈的木椅都有些焦急了
还是不见老彭
一地音阶，在风中独舞

看得见屋檐下去年的雨迹
明白卡上
有扶贫人前赴后继的脚步声

巡山过大包山公墓
照片中的老彭
比我最后见到时还要精神

那群他喂养多年的蜜蜂
应是随他飞走了
那边，有它们更甜蜜的事业

小谷溪村集

罗国雄

1

从前的山也生水

但众水一心向往大海

留下来的水已养不活小凉山

无须抽刀，一阵风吹折了多少

篱笆墙的影子和长了抬头纹的炊烟？

羊肠小道上，穿过黑夜针眼的一滴闪露

陪伴它结绳记事的，是绵延 50 平方公里

60% 以上的贫困发生率，和高不过大风顶的

彝汉苗群众头顶曾辛酸杂居的

扑朔迷离的天空

2

最先开市的是问路春天的早集

修苏民路炸山时，撕开皮肉连着筋

每取出一块含磷、矾、铁、锰、镁的石头

都是冒着热气的最难啃的硬骨头

滚落溪边被水一洗，被看不见的电流

激活成有血有肉的生命。然后化身为泥

匍匐于地，逆光而行，在等一群人

研墨铺纸幽香，描绘一幅幅鸟鸣

3

然后是扶贫干部，从中纪委监委机关
从北京到马边，再到民主乡小谷溪
16年如一日，无一例外都将汗水
洒进了马边河。让她的上中下游
都充满了咸味。连空气也是波浪形的
仿佛山在奔涌。昼夜赶集的水呵
再无悲伤往返，热血沸腾暖人心
泡一碗老荫茶，像在喝苞谷酒

4

随后赶来的四个集中安置点
沿错落有致的精准扶贫路网下山的
凉风顶和白果坪，已经住进了楼房
过去想都不敢想的产业路，蜿蜒上了花椒山
让吐蕊纳新的代家沟、毛家山、石灰窑和羊子坪
看见王维进了不空的山，情不自禁地再写
清泉石上流的诗，有一千多年后的新意

5

一四七组团式消费生态山货：腊肉、土鸡
茶叶、蘑菇、竹笋、小花生、桑葚、草莓……
二五八听机砖厂、植物油加工厂、塑料包装厂
板鸭厂、粉丝厂和油墨厂，机器流汗轰鸣的声音
三六九就让务工的青壮年，把一条回归的春水
卷起来背进山寨。与孩子们朗朗的读书声

形成多声部的混声合唱，有弯道超车

告别一个时代高度统一的和谐

6

溪生百谷。流水肩负神职

溪神既是农神，也是爱神

在唐家埂易地扶贫搬迁小区

下派干部陈劲松、柴杰，正在指挥水

回流进螺蛳壳里的小满。山色葱茏

溪水荡漾。仿佛自来水龙头一打开

就能重启蛙鸣，让雷声滚过田野

抓一把闪电，萤火虫点亮不灭的火把

照见一粒粒乡愁，灌浆后的饱满

7

无后顾之忧的水，白天与它打个照面

深夜见一眼矿泉井边照镜子的星星和月亮

如心怀惆怅的游子，也想赶流水的村集

等它们线上线下采购完脱贫攻坚的红利

挽起裤脚找到一条浪花船，演奏动荡的光芒

琴声染上了溪水的颜色，才银鱼一样溯游回源头

孵化空山新雨。梦里如果让时光倒流

醒来见十万大山都安上了绿色的引擎

如在破浪扬帆，不插翅，也能飞翔

光棍汉老王传

田　君

不惑之年的老王

未老先衰

前半生就窝在这大山里

全天候扮演现代版光棍汉的日常生活

但最近却突然抖了起来

他被各级组织派来的干部寻找

昼访，夜谈

并要求他在各种不同的表格上签字

尽管有些表格老王搞不太懂

但这不影响他在手握各种圆珠笔

歪歪扭扭写下自己名字时

心底对未来泛起的向往

老 屋

琬 琦

搬进危改房后，老屋日渐荒芜

瓦片疏松，漏下雨水

泥砖墙一点点溃软，长出乱草

蚂蚁、蜘蛛、老鼠都来做窝了

一只被抛弃的小小摇篮里

窜出一株蓬勃的野桃树

王小芳清理了瓦砾和木头

将泥砖一块块敲碎——

都是上好的肥土呀。引来山泉

种上百香果。果熟季节

每天都有人下来收购

这也是一笔收入，要记入帮扶手册

她邀请我去看百香果

烈日下，躲在果棚的阴凉里

她说，这里以前是老屋的厅堂

穿堂风很凉快的

百香果的叶片在我们耳边

沙沙作响

搬迁与移民

曾若水

古朴的乡亲

牵手荆棘

艰难地成长

一代一代人绞尽脑汁

使出浑身解数

敲不开富裕的门

一千年

守着穷乡僻壤的忧伤

山不转水转

搬迁和移民的春风浩荡

抛掉石头的固执

学习行云流水

有太阳的温暖

轻轻松松

就住进了向往已久的洋房

从此每一套房子

都有了新的想法

一个个梦想

从窗台放飞

百年颂歌

在城镇的瞳孔里
一群农民洗净泥腿
撸起袖子
找到了新生活的坐标
用勤劳的双手
对命运做一次彻底的修改

放下犁锄
山里的石头会唱歌
以机器连接社会
扶贫车间里嘀嗒嘀嗒
新区的心跳
一只只耳机告别生产线
海角天涯
多少人
和你们一起
听时代奋进的强音

盲人贫困户王海扳着手指

周孟杰

王海家白屋墙上的，扶贫登记表条目清晰
来帮扶的人除了字迹
音容笑貌也在上面

王海说，他记得每个帮扶干部
李干部送来过三次米油
王干部送来过儿子的衣物
张干部年纪大，他来统计过房屋破损
孙干部是小伙子，带志愿者清理过卫生
民政局送来沙发、床；街道送来电视、风扇
村委送来合作社的钱
第一书记送来的方便面还没吃完

按摩手艺精湛的王海
手把手细数
他扳着手指
关节粗大的手掌那么张着
像上面有许多面孔，他用盲眼
在一一确认

扶贫工作队

筱 凡

必须深怀一颗草木之心，才能识别

有恙的、柔弱的另一棵

站在葳蕤的春日，田埂边、山麓下

村民小组座谈，村民代表讨论……

大地上有了一批走村访户

协助复苏的队伍

为建档立卡户推销土豆、鸡蛋

并肩在田间插秧，修剪果树

帮助加入合作社，安排公益岗

培训新技能，助推新创业

定期健康随访，记下血压、血糖

及慢性病各项指标

政府援建协助危房改造

苦口婆心地劝导一棵幼苗返学

鼓励着如何向上生长

……

政策的光芒遍及每一个角落

一棵草渐渐有了强大的内生动力

于岩缝里、墙角边、荒野外、沙石上扎根生长

工作队也来到岩缝里、墙角边、荒野外、沙石上

以另一棵草与之并肩站立，体会

光能到达的位置

风可能会透过的缝隙

雨可能会带来的摧毁之力

他们为每一户贫困户、脱贫监测户、边缘户

量身定制脱贫防贫措施

一棵草带动另一棵草，一片草

辅助另一片草

直至消除致贫风险

直至每一棵草能平安度过风雨

迎来明媚的春日

第一书记

郁　东

很小

但很自豪

去普溯村担任第一书记

我成了扶贫大军的一员

天天开会研究

一次又一次入户走访

怎样打赢这场攻坚战

表填了又填

数字核了再核

每一次精准

都是面对那些脸朝黄土的人

驻村任第一书记

是我此生最大的荣耀

别人没精力思考

我就把责任无限放大

让每一件小事

比如打扫灰尘的活计

都变成金光闪闪的实词

让他们藏在心里多年的话

找到一次开口说出来的勇气

使　命（外一首）

龙红年

我务必赶在年关以前见到他
不管大雪怎样设置层层封锁。我必须
赶在寒冷大举围攻前，将一把柴火
交到他手中

雪峰山余脉，莽莽数百里
国家级贫困县，150 万人口的新化
我必须穿越大雪覆盖的丛林
冒险攀上那陡峭的山岭
悄悄绕过豺狼、野猪、麂子、山鸡的后院

我并不认识他，他在这座大山里坚守了
63 年：妻子跑了，儿子病了，房子倒了
在饥寒和贫困中
他很快就将失去阵地

我必须在天黑前到达。我怀揣的
这些光亮和温暖，我要用双手递上去
我要紧紧握住他的手，告诉他：
兄弟，春天来了

送扶贫款

2018 年 3 月 22 日，天气晴朗
阳光把龙凤村的贫困
照得十分亮堂

"人间四月芳菲尽"，三月的山里
一只单身的野鸡叫响了满山寂静
许多不知名的野花蹑手蹑脚地开了
那些贫困的乡亲都来到了村部
有的白发飘飘，有的瘸着腿，有的
身上揣着绝症。他们大都沉默着
不苟言笑。村扶贫专干孙重文叫一个名字
就有一个人含糊地应一声

我们为每人准备了 400 元，但愿在这个春天
他们能多买到一些阳光
大家把钱交给自己扶助的对象
耐心细致地询问贫困带来的伤疤
一些人忙着用手机
拍下这动人的场景

我的扶贫对象老伍在人群中不知所措
我挤进人群，拉着他的手来到屋后
在背阳的屋檐下，躲过那些相机

迅疾地将钱塞入他的口袋
然后握住他皲裂的双手，像电影中的主角
悄悄完成一次接头

他咧开嘴笑了笑
一句话也没说出来

开元村即景

姜念光

爬上一段漫长的坡路

到了开元村，它蹲在群山的胸口

梧桐树托着鸟巢的巴别塔

村委会上空飘着耀眼的红旗

再远些，山丘连绵，像彝人的肩膀

五级清风正在搬运一片白云

而农妇打着手机，筛玉米

金黄的籽粒从 4G 信号中倾泻而下

旁边，她家的女孩，一颗红李子

被逗笑时露出明眸皓齿

外出的青年开着粤字头吉利汽车

今天衣锦还乡了

满载的包裹，五光十色

仿佛门类齐全的、幸福的知识

屋檐下，谁家的媳妇，芒果般俊俏

两个紫色婴儿，是她创造的珍宝

阳光朗照，一直在洒金羊毛

上前攀谈，感叹一二，借问三四

这时候，搜集词语的诗人们

个个表情像杜甫

有一堆沉甸甸的土豆滚动在襟袍里

从荒山到花果山的蜕变

辰　水

一座山的变化，有照片为证。
从前，荒蛮之山，一种贫穷仿佛在上面
扎下了根。一个退伍军人，姓张
如今，变成了蟠桃大王。
整座山绿了，瓜果飘香。隐匿其中的劳动
一个"愚公"的力量，彰显
每一寸山冈都滋润着他掉落的汗珠。

望而却步，许多人后退了
退到城市的内部。但在山上
钻井，机器轰鸣……
喷薄而出的水，让一座荒山有了灵魂。
向上的力量，指引种子开花
幼苗成长。一道道梯田，像田字格作业
无限，又拥有绿色的笔墨。

一个"愚公"，一双质朴的手。而更多的
"愚公"参与，敢叫荒山变绿洲。
从一株株的蟠桃，到一棵棵的核桃……
一座荒山褪去荒凉的外衣，再披上五彩的盛装
演出，在丰收的盛大节日。

谁又能轻言时光的力量？日复一日
岁月蹉跎之下，一座山历久弥新。
大地无言，默默怀有仁慈
悲悯、厚重。恰如一个个"愚公"
他们恒久而坚韧，催发出绿的力量。

借一双手还原一座山，在偏僻的乡村，一个人
再加上一群人，改变的不仅仅是荒山。
多年以后，他们将成为传说
在葱郁的丛林里，劳动的身影隐约重现……

孤岛记

余笑忠

封上口鼻，露出的眼眸
似乎更明亮
不过再明亮也只能
大眼瞪小眼

透过满是雾气的眼镜片
看到小雨中所有的路灯
也像睁大了眼睛
自带彩虹一样的光环
光环即诱惑——似乎这才是
更应熟知的景象
与其在黑暗中
猜测他人的眼神
不如像阳光一样坦坦荡荡

我没有一技之长
灯下唯有喃喃自语
所谓诗不过是寸土之地
这个冬天，它比任何时候
更像一间最小的庙堂
如果，自我隔离
可以上升为自我救赎

声音从这座城市消失了

熊　曼

一群鸟在长江上空飞着
久久不肯落下来
仿佛它们才是正在逡巡的主人
但没有了为它们伴奏的汽笛声

几栋灰色建筑伫立在路边
那是一百年前法国人留下的
但看起来像电影中的镜头
一个人在路上走着突然倒下去

几个穿着白衣服的女人
在某间屋子里默默地哭泣
她们是医生和护士，也是妻子和女儿
但此刻没有了为她们擦泪的人

无数的窗口悬挂在半空中
像一个个漆黑忧伤的洞口
但没有了向外张望的眼睛
也没有了向外聆听的耳朵

致　敬

叶玉琳

要向一位 84 岁的老人致敬

是他临危受命，只身奔赴

从那没有硝烟的战场

发出最真实的声音

接着是军医妈妈，白发父亲

推迟婚礼的年轻情侣……

他们都是凡胎肉体

也有自己的不舍和牵挂

可面对疾病

一个个都变成了钢铁战士

请战出征的白色身影

挤满专列和专机

黑漆漆的夜晚，前方

宣告锁城，他们却义无反顾

上演最美逆行

要向一座城致敬

尽管她正被病毒肆虐，频频告急

没有比这更令人揪心的地方

万家团圆的日子

一袭袭白衣，在病房穿梭

百年颂歌

用生命守护着生命，不眠不休
密不透气的防护服紧绷着身体
后背写着名字，也写着生死誓言
任凭浑身湿透，睫毛凝露
双手被浸泡得面目全非
可压着红手印的请愿书还在纷沓而来
叠成了厚厚的生死状
"不计报酬，无论生死……"

有人毅然剪去长发
有人坐着轮椅出诊
有人挂着拐杖走进病区
全副武装的医生
来不及看一眼三米外的幼小女儿
一道急诊室的门，生与死
成为亲人间最遥远的距离
"我爱你们，请放心，我们一切都好"
十几个小时过去了
防护面罩在脸上勒出深深的印迹
那是世上最美的表情

一批批增援物资纷纷抵达
一批批最强医疗队冒雨前行
是的，今夜
我要向所有护卫生命健康的人致敬
是甘洒热血的担当和勇气
使他们成为这个时代最可爱的人
也要向脚下沉默的草木虫鱼致敬
是它们提醒我们要战胜邪恶
铭记一段不该忘却的痛苦经历

"若有战，召必回

回必战，战必胜……"

一座座高低起伏的城镇

一道道被封锁的道路和关卡

寄托着无尽的牵挂与祝福

也流淌着无法阻隔的英雄梦

"生命重于泰山

我们一定要打赢这场阻击战"

雷霆万钧时刻

是谁发出了这力拔山河的指令

"是的，我们一定会赢！"

江河颔首，大地回响

浩瀚的夜空下，我对天仰望

向一盏盏点亮的灯深深致敬

信 任

丁小炜

经受了无数风霜雷霆的土地
这个春天姗姗来迟，漫天的飞雪失去诗意
瘟神的魔爪从黄鹤起舞的地方
伸进中国的肺叶
楚天失色，江城告急

"解放军来了，子弟兵来了"
除夕夜，一队队穿军装的白衣战士从天而降
欣喜伴着镇定，在恐慌的人群中传递
这声音，曾响在1998年的荆江大堤
2003年的小汤山，以及2008年的汶川
灾难中的人民，呼唤着这支队伍的乳名

涨潮的眼睛，涌起长江急促的波涛
争着交上请战书，按下红手印
病中的父母，初生的婴儿，重逢的恋人
以及所有的疼痛和生活的锋利
随着集合的号令一并收藏进心里

靳桂明，中部战区总医院感染科退休专家
身有疾病仍请缨上阵
奋战48小时，现场指挥改造标准病房

为抢救患者赢来第一时间
李晓静，十七年前曾鏖战小汤山的退役护士长
回到老部队请战，随医疗队驰援武汉
军装穿在他们心里，永远脱不下来了
身负信任的人，在希波克拉提斯宣言里
写下了闪光的名字

疫病是一场没有硝烟的战争
千载白云，将传颂这个春天的故事
军装穿行的身影成为希望的身影
军徽闪耀的地方就是胜利的地方
逆身而行的战士，舍身为国的灵魂
誓死守护人民对一支军队的信任
大地上没有荣耀的必经之途
只有那些伤口和牺牲铸就的不朽荣光

从明天起

阮 梅

今天的我们

被同一个顽固的家伙

逼到了同一条死守的战壕

人类 不 动物们 都在一个靶子上了

只是有的端着猎枪 有的伸展着翅膀

如果战争结束

我们是不是需要思量

放手一些什么 收敛起一些什么

再出发时 我们是不是需要

重整一下自己的行装

如果可以 从明天起

我想在林间垦一块荒地

重新用汗滴禾下土的辛勤与甜蜜

敬畏一颗粮食 一株蔬菜

用一把看着长大的葱蒜来喂养自己的健康

如果可以 从明天起

我只用瓦坛子来装米和油

用瓷杯子瓷碗来装水泡茶盛饭

把一次性请出生活的日常

拒绝农药与塑料的便利带给人类的疼
带给动物 微生物的灭绝之伤

如果可以 从明天起
我要像老祖宗那样
不喜新厌旧 日落而息
我要把箱子底舍不得扔的旧物
拼成五色花瓣 瓣瓣珍惜
穿一件旧装去找一堵开满野花的土墙
晒晒太阳 日落之后 只关灯睡觉

如果可以 从明天起
学会给一条过路的蛇 抑或蚯蚓
一只慢慢爬行的乌龟 让路
给所有美好的事物 让路
而不仅仅给携带了千余种病毒的蝙蝠
看上去跑得快的黄鼠狼
凶巴巴的狗

从明天起的夜晚
我要远离 QQ 微信 朋友圈
用沉溺在陌生人群里的双眸
去找寻窗外的皓月 星光
久久地仰望和等待 等待它们
雀跃进我的心田 照进我的梦想

从明天起的孤独时光
我要回到我有木香的书房
铺纸研墨给亲人朋友写一句话的家书
我很好，我还有健康与平安

焦虑时选择读两卷旧书 燃一炷沉香
等一等我后面的灵魂回到家的路上

从明天起我不能忘了这个
只穿一件旧衣也不冷的春节
只走五米路的堤坡也能照见暖阳的林场
我会记得 最重要的人际关系
不过是和家人幸福地相守在一起

从明天起的任何时候
我不会忘记这样一个游戏
人类命运的共同体 是人与自然的拱手游戏
人与自然的游戏不能离开的一个规则是
人在大自然里该低头时低头 该让路时让路
就如人与人 这又何尝不是人类在送走这场瘟疫时的
最大一个回礼

母亲，我在武汉送快递

王二冬

不要挂念我，母亲
我在武汉送快递，与万家
不熄的灯火，与所有逆行的人
一起守护这座城市的烟火气

——蔬菜、水果、鱼肉、柴米油盐
擅做热干面的大妈常给我打包一碗
我早已成为他们生活的一部分
还有那个喜欢用手抹鼻涕的红领巾
最近学会了讲卫生，像极了儿时的我
只是他无法跑到东河西营的原野上撒野

母亲，你见过那么多渴望春天的眼神吗
每一个口罩的背后都隐藏着一个世界
——恐慌、悲伤、焦灼、平静
怀疑，或又满含生命向上的力量

我必须加速奔跑，在楚河汉街
从未有过的空旷中，我必须跑过病毒
给医生的枪膛上满子弹
我必须保持微笑，武大的樱花还没开
我们都是含苞待放的一朵朵

你会感到欣慰甚至自豪吗，母亲
我从未想过一个普通的快递员
也可以惊起长江的滚滚波涛
我相信，每一次打开快件的瞬间
都是打开了一个家门，打开了一片森林
让呼吸不再成为一个难题

对不起了，母亲——
我还是不能辞别黄鹤楼
你会理解并在日暮乡关时为我祈祷
那么多人没有留下只言片语就离开了
我是多么幸运，还能回到你的怀抱

因此，我一定——
要把这份爱的眷顾传递到街巷
传递到每一个等待的窗口
那一个个长途跋涉的快件
如同希望的种子，小心
再小心着，埋进每个人心中

与妻书

肖 彭

那一天你走得很急很急
只在微信中给我留下简短话语
"我要去武汉了……"
"一个人在家，照顾好自己……"

有一次你在电话中轻轻啜泣
一遍遍地问我怪不怪你
我说："怪你，怪你没把我装进行李带去"
你笑了，那笑声让我回肠荡气

你打算过年穿的红色外套
在客厅里微笑着亭亭玉立
芳菲的清香和我相偎相依
而阳台上你最喜欢的那株蜡梅
就像你坚强地选择了风雨
在严冬的日子开得鲜艳美丽

每天，我都睁大眼睛
在屏幕上一群洁白的身影中寻找着你
那个在椅子上小憩的是不是你
那个推着病人轮椅的是不是你……
我告诉自己要坚强

但还是忍不住泪落如雨

这是一场没有硝烟的战役
病房就是你和战友坚守的阵地
你娇小的身子，如今变得顶天立地
你稚嫩的双手，和千百双手一起
托举起一个个生命的奇迹

从你发来的微信中
我感受到了春天的温暖气息
那春天第一抹灿烂的新绿
是你和战友身上耀眼的军衣

我亲爱的宝贝，我亲爱的妻
请你一定照顾好自己
我还要和你一起生儿育女
和你共享生活的甜蜜
待到你凯旋时
我要送给你一个惊喜
请原谅，这个惊喜
今天还是秘密……

江南的幽兰

——献给同乡李兰娟大姐

陈崎嵘

该怎么称呼您，才恰如其分？
我一直找不到合适的名称。
医师？院士？专家？功臣？
都是。但似乎显得遥远而陌生。

在我眼里，
您分明是绍兴兰渚山下一株兰花，
定格于庚子年江南的冬春。
记得历史高光的永和九年，
42 位文人雅士曲水流觞，
就在您出生地附近的兰亭。
他们早已飘逸而去，
只留下一篇序，流芳至今。
1594 年后，兰亭附近长出一株兰苗，
普通，如野草一般无法辨认。
您从乡村代课教师起步，
不久转岗当起"赤脚医生"。
后来，入学，选择白衣天使的职业，
选择攀登陡峭险峰的路径。
几十年，始终不渝、目标唯一，

直到攀登上人工肝领域的尖顶。

由此，总让人们联想到，

兰花出土时的平凡、朴实，

兰花生长时的执着、坚韧。

在我眼里，

您是一位勇敢果断的将军。

在疫情众说纷纭时，您用吴侬软语，

第一个喊出"封城"的高音。

提议将一个千万人的城市，

与全国、与世界、与自己隔离。

据说，古今中外从未有过先例，

据说，会场内外为之沸腾。

后来，这声音成为专家组的建议，

再后来，这建议化作国家的决心。

此策全国仿效，世界震惊，

挽救了多少地区、多少生命？！

"懊恨幽兰强主张，开花不与我商量"，

古人曾写过上述诗句，描绘此花此景。

大灾面前，一士之谔谔，一兰之卓卓，

却是整个共和国不幸中的万幸！

在我眼里，

您是一位冲锋陷阵的士兵。

本来，早已功成名就、香飘四方，

本来，尽可颐养天年、含饴弄孙。

当死神挟持着冠魔汹涌袭来，

您带领团队冲上前线，昼夜不分。

用火眼金睛，揪出 8 株形似皇冠的毒株，

再从千百种药物中筛选显效的精灵。

您以古稀之龄，不惜性命，主动请缨，
您以血肉之躯，直面危险，逆向而行。
特意选择毒魔集聚的危重病房，
犹如冲入随时就会爆炸的雷阵。
怪不得，人们把您比作：
女扮男装、代父从军的花木兰，
挥剑跃马、横扫千军的穆桂英，
老当益壮、百岁御敌的佘太君。
我只能化用古人的诗句吟诵：
风萧萧兮汉水寒，兰盛开兮香凌云！

在我眼里，
您又是一位爱美的邻家老人。
每每从危重病房中走出，
总不忘稍稍整理自己的鬓发、衣襟。
在央视记者专访的镜头前，
您时尚的打扮霎时映亮观众的眼睛。
一头纹丝不乱的黑发，
一袭宝石蓝时装加银色胸针。
再配上娓娓道来的绍兴普通话，
传递出胸有成竹的笃定。
关键时刻，您做到了奋不顾身，
活着，让生命每一刻璀璨、芳馨。
这时的您，多像一株江南的幽兰，
高洁、淡雅、美丽、自信。
幽兰香风兮远播，
蕙草蔓延兮芳根！

对一个人的称呼，
表达着对一个人的评价和崇敬。

每当中华民族遭遇患难时，

总有挺身而出、共赴国难的人，

总有为民请命、救死扶伤的人。

有的如大山般巍峨、冷峻，

有的如冰雪般透明、清醒，

有的如梅花般傲然、坚贞，

有的如兰花般高雅、温馨。

让人敬佩、让人泪目的故乡大姐啊，

在这场与病魔较量、与死神赛跑的战役中，

您像一株盛开在疫区、盛开在江南的幽兰，

绽放兰的风姿、兰的品位、兰的精神……

没有谁可以阻挡浩荡春风

缑晓晓

一根凌厉的魔针扎入枢纽通衢

华夏九州四海不宁，血脉相连举国疼痛

滚滚长江在武汉迟滞漩涡

躯体在疼痛中惊醒

亿万的细胞被激活与病毒顽强搏杀

疫情是试金石

灾难是一面乾坤之镜

每一个灵魂，都将走进战场

你是否想过，该交出一份怎样的答卷？

让我们牢记担当与坚守

让责任重于泰山

怯懦逃离抑或隐瞒真相

都将被人民鞭笞和审判

投机或者渎职

必会被钉在历史的耻辱柱上

这是战争，为人类生存的战争

我们必须打赢，也一定可以打赢！

看吧——

那些按着血印请愿书奋不顾身的白衣战士

那些在寒风中燃起橘红色火焰的清洁工

那些不畏凶险坚守职责的基层公务员

那些与时间赛跑研发抗疫药剂的科学家

那些驰而不息捐献救援物资的八方之士

那些披星戴月抢夺生命的指战员

以铁的誓言举起拳头众志成城

战斗的号角吹起，战鼓激越

肆虐从哪里汹汹发散

就有多少逆行的英雄列成战阵

汇聚成铁军聚而剿灭

一个民族蕴藏于民众的伟力

从巍巍昆仑挺起的脊梁出发

绵延五千年从未屈膝于任何灾难

人性向善之光必将扫平重重关隘

庚子之战，三山五岳战旗猎猎

万众一心铁血征战

没有谁能阻挡浩荡春风

庚子之战，我们一定可以打赢！

当钟声敲响

——写给奔赴抗击新冠肺炎疫情一线的钟南山

许　敏

还是 17 年前的那口大钟——
你，铜铸的筋骨，洪亮的音域
将搏动信念的频率传递给
被毒雾笼罩的江城
还干净的肺叶一片蓝天白云

巍峨南山，悠然南山
也许是你一生的祈愿，就像
高处的鸟巢，低处的家园
不管是钟山之南，还是采菊篱下
一位 84 岁高龄的老者

是该颐养天年，小院里
牵着曾孙散步，或客厅里侍弄
几株精致的盆景。而你却在一座城
咳得满世界惊恐时，披甲执锐
哪管未卜前途里的惊涛

虎啸——新型冠状病毒，今冬
最肆虐的一场暴雪，沦陷了

大片的国土。在寒夜开往武汉的高铁餐车上

你仰面小憩的脸庞略显疲惫

却又在蓄积喷薄而出的阳光

17年前，我在电视机前泪奔地看你

跟非典搏斗，犹如深入雷区——一个雪人

一个大地上最纯粹最仁厚的医者：

"请把最危重的非典病人

往我们这里送！"

仁者无敌，肝胆烛天。这次武汉之行

你又得跟化身无形的新型病毒

搏杀！虽战火绵绵，却不见硝烟

且需你这口巨钟再一次撞响

发出警醒："医务人员受到感染

就是人际传染重要的标志"

钟声里有悲壮的旅程，有热血的奔涌

你坚信武汉不会成为一座孤岛

人心也不会成为一座孤岛

有春风吹拂，有阳光通行

当钟声敲响！凝霜的月色

和被口罩遮蔽的花朵

所有的稚嫩，都会变得成熟、刚强

汇聚成一股不屈的力量

和你一起抵御着漫长冬季

敢医敢言，锻造你的一颗

悬壶济世之心！你坚信：再严寒的冬天

也挡不住春的脚步。祖国的青山绿水

定能康复一个民族的胸腔

到那时，你在钟声里热泪盈眶

下党红了

谢宜兴

一路红灯笼领你进村，下党红了
像柑橘柿树，也点亮难忘的灯盏

公路仍多弯，但已非羊肠小道
再也不用拄着木棍越岭翻山

有故事的鸾峰廊桥不时翻晒往事
清澈的修竹溪已在此卸下清寒

蓝天下林地茶园错落成生态美景
茶香和着桂花香在空气中漫漾

虹吸金秋的暖阳，曾经贫血的
党川古村，血脉偾张满面红光

在下党天低下来炊烟高了，你想
小村与大国有一样的起伏悲欢

生态：一串秋毫无犯的清芬（组诗）

陈广德

谷底有风

谷底的风等我变得坚强之后，打了
一个完好如初的旋，走了。

海拔没有升高。我撒下的汉字已长成
竹林。节节虚心，滋养竹枝上
用清澈描画的早晨。从谷底到坡上
把马的脊背抚摸出草木的，是在竹叶中
钻过依然茂盛的阳光。和露滴。

——故事是一条古道。一些话语
还残留着金戈铁马的嘶鸣。
几百年后，在道上撩拨你影子的，是
生态里一串秋毫无犯的清芬。

我的意识，贴上有着小花陪伴的
石壁，听曾经走失的雨，在可以漫游的
妩媚中制造相思。

——谷底如同内心，常常风起云涌，又
若无其事地在晴空下寂然无语。

风中有树

树是山在风中的响应。风的每一次
弯曲，都磨亮难以逃离的光阴。
叶的脉，在这来不及察觉的变化里，
接纳回声的期冀。

每一片曲子都有一个和爱情一同长大的
春天。山坡上，鸟啼顺风而来，
降落在合唱中最华彩的鹅黄，和鹅黄里
象征纯洁的笛。能够抵达的高度，
刚好和月色的源头相映成趣。

此时的枝梢，可以招手，可以把约会
当作一次摆渡。微微的晃动，
是渡口把水理解成雨滴，和雨滴
带来的那一丝慌乱，以及甜蜜。

而树的每一次伸展，都指向风的
开始，指向鸟语的天堂，和把它们唱了
又唱的歌谣，梦了又梦的谷底。

树旁有湖

荡漾在叶子用掌声飘落的弧度里，倒影
散了又聚。我把一串柔和植在金色
光线眷顾过的深邃中，就有一些诗句，
鱼一样地潜游了。

这时的夕阳比玫瑰端庄。探头探脑的

丹霞地貌，不得不凝固住窥视的
心思。崖头的草，把一缕缕可以拔节的
安静铺展给我，让我被水光一染，
就成为一尊可亲的雕塑了。

我一言不发，就让诗句在生态的涟漪中
发酵。静静的风，把我请来的
贵客带进能够回味的留影处，缓缓的水波，
在瞬间飞翔到可以封面的册页，
典雅了。

就有一叶扁舟，在游客的叙述中，有了
一个季节的宽容。我知道，
在宽容的前面是倚栏，后面是飞鸿。

湖畔有仙

三仙。是我在古籍里遇到过的，把
汉字的神性拈出香火一样的升扬，
和山脉一样凝贞的精灵。

当然，这里更适合修炼。更适合让汉字
结出蓊郁，生长香樟的从容，和
竹林的参天。如果能从枝梢上望出去，
就有辽阔充盈心胸，让灵魂被仁爱
洗劫一空。

也可以收视反听。静叩内心的天真烂漫，
和月色的母性。把与生俱来的沟沟
壑壑读遍，再用能够拐弯的风，

把坑坑洼洼抚平。

其实，七真岩洞的水是用来洗去妄念的，
如同书，是为了带来光明。举头低头，
能够翻过一座山的，是飞翔的翅，和虚怀
若谷的圆融。

在湖畔，谁能用透明的意念穿越凡世的
迷雾，让诗书得道，生态盎然，就不虚此行。

浙江桐乡，石门湾农家集市

黄亚洲

一个农家集市的灵魂，其实，并不体现在这些特色商摊上：

铁皮石斛馒头、桂花年糕、土法秘制酱鸭

石湾大米、萝卜丝饼、春卷、关东煮

新市茶糕、海棠糕、蓝莓、双孢蘑菇

甚至，也不体现在我们带来的书画作品上

这是一次锣声很响的拍卖

省城书画家的心血，惠农的价格、农民买家的仰天大笑

开出了同一朵花

一个农家集市的灵魂，连村里的小河都感觉到了

它们笑出了一个又一个

初夏的漩涡

村民们挤过石桥，一齐涌过来了

疫情过后，农产品和商业已经发出哗哗哗的流水声了

说到底，一个农家集市的灵魂，就在于一个理念

就在于执政为民

在于，专心思考老百姓喜欢的事情

就在于此刻，我们大家啃着桂花年糕与萝卜丝饼

说着流通、文化、经济、恢复

这些令人开心的字眼

听着，又一记锣声：

一个农民大伯，买下了一幅牡丹

他要挂在新房的中堂上

船夫号子

——写在党的十八大召开的日子里

程步涛

我又听见船夫号子了

如千钧沉雷

在每一道波澜

和每一条山脊上

翻卷

腾掠

昨天

也是这样一支号子

在这条大河上回旋震荡

锋利的剑和滚烫的血

碰撞着

激溅着

直到那些惊心动魄

成为不朽的史诗

光荣的岁月

今天

风

依然尖厉而强劲

所有的船夫

都在用力划动桨叶

既然航程铺在惊涛上面

注定我们要在颠簸中跋涉

历史有过太多这样的时刻

每一次都在检验我们

汗水里是否有盐

血液中是否有铁

意志

是否一如铸造历史的青铜

勇气

是否一如奔流到海的江河

此刻

船已启航

帆已升满

把号子唱得更响亮吧

这是一个民族的豪情与信心

是激励我们前进的八万面金鼓

和十万面云锣

你看

风浪正被船头碾碎

前方是红红的朝霞

是盛开的花朵和金黄的稻谷

有永远的歌声和笑声

那里

才是我们的收获季节

青春之城

远 洋

1

青春之城！欲望之城！

一夜之城！不夜之城！

成千上万座打桩机敲击着大地的心脏

铿铿锵锵，响彻夜空，让你不能入睡

让你不能躺在惰性的温床上得到片时的安宁

成千上万台推土机、挖掘机仍在向荒野进军

向地层深处掘进，轰轰隆隆的喧响

把你的精神和身体带到持久而高亢的振奋之中

成千上万个少男少女在成千上万所迪厅酒吧

疯狂痛饮疯狂吼叫疯狂扭摆啊疯狂摇滚

携带着隆隆滚轧在天空和大地上的春天的雷霆

2

从北方到南方

仿佛进入梦幻剧场

纷繁而新奇的事物目不暇接

你终于到达几代人不曾梦见过的地方

你的思绪和灵感在沉睡一冬的脑中闪耀

犹如雷电激活二月天空上的积雨云

你不由分说地被卷入了
春天的躁动、晕眩和疯狂

3

一切都在这里碰撞、爆炸、化合
分娩出雷霆和思想

4

欣喜　困惑　痛苦　焦灼
谁能使你狂躁不安的心灵和身体得到平静
从来没有过　如此强烈地
渴望灵魂的交流　渴望新生活的拥抱
渴望变革和创造席卷一空的风暴

5

新的工作，新的构想，新的偶像
带来新的挑战，新的激情，新的梦想

6

我看到人才大市场的春潮涌动
闪亮着无数渴求与挑战命运的眼神
我看到深南大道鲜花簇拥交通堵塞的早晨
满街上都是西装革履的俊男
和打扮时髦的靓女
步履匆匆，追逐着信息与时尚
奔赴谈判桌或写字台、商务约会或私人约会
一个个踌躇满志，气宇轩昂，满面春风

我看到各个培训中心灯火通明的晚上

为了考取"英语、电脑——深圳人21世纪的通行证"

以及各种资格证、上岗证、合格证、执业证

为了"温工""跳槽",炒掉一个又一个老板的"鱿鱼"

为了最终自己当自己的老板

那些忙碌了一天的"蓝领""白领"们

都聚精会神地坐在那里静静地"充电"

我看到酒会、招商会、展示会、洽谈会、新闻发布会

日夜在举行

市长们、局长们、经理们、专家们以及老港和老外们等

各色人等

频频举杯,唾沫横飞,用普通话和广东话、闽南话等各

地方言土话及各种外国话

发出投资邀请,或者大肆吹嘘推销他们最新的产品

7

她是20岁的少女吗

正值豆蔻年华,鲜嫩水灵

洋溢着青春芬芳的美与活力

魅力四射,光彩照人

她还有着这个年龄特有的骄娇二气

爱打扮,轻浮、虚荣而又迷人

她公开宣称:非大款加靓仔不嫁

让高大的北方汉子在她跟前都矮了三寸

她心高气傲,你一掷千金

却难以赢得她的粲然一笑

她冷酷无情,你机关算尽

还是掉进她无边欲望的陷阱

为伊消得人憔悴

你碰得头破血流

也换不来一丝怜悯

你拼命追赶着她，她乘着奔驰绝尘而去

把你抛弃在滚滚红尘

甚至卷进了她碾压倾轧的车轮

8

阴郁和冷漠不属于这里

萎靡与衰退不属于这里

没有时间忧愁，没有时间苦闷

没有时间叹息，没有时间呻吟

没有一张安定的椅子让你稳坐不动

没有一杯清茶可以悠悠闲闲地啜饮

只有奋发向上，蓬勃昂扬地向上

只有拼搏竞争，果敢勇猛地竞争

这就是我的青春之城

充满喧哗与躁动的气氛

从白昼到夜晚，从夜晚到凌晨

四周轰响的光和华彩的声音

仍然包围着我，裹挟着我，激荡着我

我感到像坐在沸腾喷发的火山口

像被卷入龙卷风急剧飙升的大气旋流中

像被高高托举在汹涌澎湃的春潮之上

像在超音速列车里朝着远方的黎明风驰电掣

像乘着火箭和宇航船飞向太阳与火星 ……

致敬，共和国最美的身影

毛江凡

大地飞歌，时光荏苒，壮丽祖国，步履铿锵

70 年，从站起来、富起来到强起来

中华民族迎来了举世瞩目的伟大飞跃

70 年，无数感天动地、可歌可泣的英雄模范

用鲜血和生命、智慧和汗水

谱写了名垂青史、彪炳千秋的动人篇章

他们是"最美奋斗者"

他们是国家的脊梁、民族的英雄、时代的楷模

他们的名字，值得共和国永远铭记

他们的奋斗精神，激励着亿万人民学习、传承与弘扬

在祖国版图的江南，巍峨井冈山下

这一天，亲人们庄严肃立，把一枚刚刚从北京领回的

"最美奋斗者"的荣誉勋章

轻轻地敬放在一位叫毛秉华的老人墓前

47 年如一日，他义务宣讲井冈山精神

如今老人虽已逝去

他奋斗着的清癯身影，却镌刻进了伟大的山冈

天光云影下，葱郁的林海连着北国的广袤草原

塞罕坝林场，曾经的荒原早已变成绿色的海洋

半个多世纪，整整三代人

塞罕坝人民用青春、汗水和生命改天换地

创造了世界罕见的绿色奇迹

他们奋斗着的身影，是人世间最亮丽的风景

深海大洋，广阔无边，探秘未知，使命在前

太平洋马里亚纳海沟，深达 11034 米

中国"蛟龙"号载人潜水器

一次次刷新"中国深度"和世界纪录

傅文韬、唐嘉陵等潜航员，用下潜 158 次

向祖国传来无往不胜的捷报

他们奋斗着的身影，是画在深海里最优美的弧线

浩瀚天空，深邃无边，星辰绚烂

中国第一位进入太空的宇航员杨利伟

驾着神舟五号飞船实现飞天的梦想

神舟七号，航天员翟志刚潇洒完美地轻轻一跃

把中国人的首次太空行走定格在蓝天上

而嫦娥四号探测器，以一次惊艳的飞翔

在月球背面软着陆，为火星之旅指引了方向

中国航天人奋斗着的身影

是蔚蓝天空里最浪漫的抒情与告白

大江南北，海阔天空，寰宇之下

70 年来，一代代奋斗者奋战不息接力而来

王进喜、雷锋、焦裕禄、孔繁森、袁隆平、张富清……

278 位"最美奋斗者"，22 个"最美奋斗者"集体

每一个奋斗者的故事，都彰显着生命的伟大、榜样的力量

都是共和国旗帜上最闪耀的荣光

幸福源自奋斗，成功在于奉献，平凡造就伟大

在新时代的雄阔画卷里

14 亿奋斗者的身影，汇聚成了共和国最壮美的图景

为奋斗者引吭高歌，给奋斗者至高荣誉

这是祖国向他们发出的最崇高的致敬与激赏

海上的花树与星辰

王 山

北纬 16 度 50 分

东经 112 度 20 分

数字简单

音符奇特

三角梅 龙船花 中国结

温暖着夜空

温暖着夜空里的身影

温暖着距北京 2680 公里的我

餐桌上的筷子

士兵般排列得整整齐齐

永兴岛

我在

南海的夜空

干净 从容

我在海的这一边

你在海的那一边

你在暖暖的远方

你在远方的远方

你我互为

亲切的远方

一抹神秘的蓝

连接
从此知道
远方比家更像家
亲切熟悉得如此神奇
思念　气息　心跳
夜晚　我们彼此看见

珊瑚摇曳
海岛生长
每一束细小的根
深深埋进
身体与血液的疆土
有一种亮色叫"西沙黑"
有一种笑容可以永不沉没
冬季里
大叶榄仁没有掉下的叶子
化作了鲜艳夺目的红花
你我风中的呼唤与心愿
在岛的四周起起伏伏

西沙　中沙　南沙
永兴　赵述　金银　珊瑚　甘泉
黄岩　太平　华阳　中业　渚碧
七连屿　琛航岛
有多少悠远美丽的名字
就有多少美丽的岛屿海域
还有更多的无名氏
更多更多
无名的　清澈
波涛与涌动

祖辈相传　世代相伴

海上的花树盛放着热烈与浪漫

海上的星辰辉映着淡然与圣洁

祖国是一种不肯折断

祖国是

细雨中的缠绵

台风中的坚强

攥着我的半个祖国

桑恒昌

黄河，跳下巴颜喀拉山
冰雪和穹隆构筑的高坡
从塔尔寺和彩陶故乡的青海走过
从峨眉金顶和乐山大佛的四川走过
从敦煌莫高窟和大漠烽火台的甘肃走过
从贺兰山阙和西夏王陵的宁夏走过
从呼伦贝尔和成吉思汗陵的内蒙古走过
从洪洞大槐树和壶口瀑布的山西走过
从黄帝陵和兵马俑的陕西走过
从少林寺和清明上河图的河南走过
从齐鲁大地
我们的故乡走过

在埋葬荒凉
埋葬老岁月的地方
在用骨头的温度
暖着整个身躯的地方
在黄河入海口
抓起一把泥土
就是攥着
我的半个祖国

初　心

张　捷

是一盏盏明灯

在南湖的红船上点亮

闪烁在井冈山

那弯弯曲曲的小路上

是一声声号角

在宝塔山响彻云霄

从这里出发

迎来了第一个黎明

是一面面旗帜

猎猎飘扬

大庆的沃土冒油了

北大荒的稻谷黄了

是一幅幅画卷

远山近水尽在其中

长征，神舟光照寰宇

乡村振兴擂响战鼓

是一张张笑脸

大红灯笼高高挂

希望的田野上

沉甸甸的硕果压满枝头

党耀中华，祖国芬芳

许 岚

一

当我从一首歌里听到你的时候

你已在敌后根据地，坚持抗战十四年多

在堂上村，你用一种音符指给人民解放的道路

用一种旋律，将灾难深重的中华民族

挽狂澜于既倒，撑大厦于断梁

将一个理想中的新中国，深情唱响

当我从一个课本里读到你的时候

你正脚镣手铐在红岩渣滓洞监狱，手绣一面信仰

一曲红梅唤醒百花齐开放

当我从金色沉甸的田间找到你的时候

你正躬耕于家园的千重稻浪

收割从饥寒交迫到丰衣足食的悲喜甜香

当我写下这个题目的时候

你正脚踩零下 30 多度的风雪，为中国最北的地方

漠河北极村，送上新年的第一缕曙光

当我酝酿怎样表达的时候

你正翻过大小凉山的沟沟坎坎

亲切问候悬崖村的村民，乔迁新居后的新气象

当我的诗情饱满债张的时候

你正跋涉在一条百年风雨雷电的路上

重温你昨日蹚过的岁月沧桑

续写你今日奔跑着的灿烂辉煌

二

镰刀。是你的灵魂

以秋收起义的胜利会师

永远定格在了巍巍井冈

锤头。是你的风骨

以安源煤矿的星星之火

燎原在九百六十万平方公里的热血之上

八一起义的枪声，万里长征的五角星

八角帽、蓑衣、斗笠、草鞋、雪山、草地

生死攸关的遵义会议，又战斗来又生产的南泥湾

枣园的灯火、延安窑洞里的那架老纺车

新中国从这里走来的西柏坡

威武雄壮的三大战役，百万雄师横渡的长江

和平解放的西藏，赶走南越侵略军收复的西沙群岛

中国农村改革的发源地小岗村

从小渔庄到经济特区、国际大都市的深圳

精准扶贫美丽巨变的田园苗寨十八洞村

援助干部驻村入户，民族大融合共发展的

内蒙古、西藏、新疆、四川甘孜、阿坝、凉山……

所有的汉字、草木、河山
都是你不眠的足迹，我抒情的乐章

三

1921 年 7 月 1 日。一个生命，呱呱落地
在嘉兴雾霭沉沉的南湖上

一只叫画舫的红船。就是你的襁褓
你宣誓诞生的神情。多么庄严、肃穆
像桨声。时而愤慨低沉，时而温暖激昂
万里长空。一朵白云，刺破阴霾
胸中激流，奔涌跌宕

一面喜悦的旗帜。精神招展
目光。多么鲜红、辽阔、坚毅，迎着心的方向
一个主义远大的理想。在一个红色摇篮
扬帆启航

人民是船，心为帆，信念是桨

四

参加过红军，担任过毛泽东的卫士
烧木炭是一绝，编草鞋也是一绝
发明"控绳拉铃"通信方法
即将挖成的炭窑突然崩塌，奋力把战友推出洞去
牺牲得"重于泰山"的。是你

在平凡的工作中，创造出永不生锈的

"螺丝钉精神"，22 岁的短暂一生
全心全意为人民服务的。是你

为治理内涝、风沙、盐碱三害
开创水利工程，引黄淤灌
虽身患肝癌，却依然挺立在兰考大地
带领大家人人种树，以林保粮
将一棵泡桐树，植成万顷森林
将人生最后十三个月，植成一种精神的。是你

从北京师范大学，到百坭村。从学海，到村海
从大城市，到革命老区、民族地区
从教育脱贫，到生产脱贫
驻村第一女书记。挽起裤管，穿上水鞋
扫院子、干农活、种油茶、摘果子
安装路灯，修建蓄水池，硬化通屯路……
与村民同劳动、聊家常、谋出路
一颗砂糖橘。甜了青春，也甜了模样
三十岁，与三年。经历了
从名词到动词煅烧的。是你

用一腔母爱。为 54 名孤儿搭建一个心家园
最美乡村教师。笑傲病魔
决不让一位山区贫苦孩子失学
创办免费就读的丽江华坪女子高级中学
像溪流，流向沙漠造就绿洲
像高山，藐视困难如履坦途
创造一所"梦工场"。将一个个山里女孩
化蝶为一只只金凤凰的。是你

五

你从田间地头走来
泥泞峻岭脚下踩，风雪酷暑顶头上

骆驼湾村、元古堆村、菖蒲塘村、张庄村
神山村、大湾村、杨岭村、长江源村、德胜村
赵家洼村、火普村、华溪村、潭头村、马鞍山村、
东岳村、拉佤族村、金米村、弘德村……
全国 14 个集中连片特困地区、24 个贫困村
哪一寸贫瘠土地。没有留下你访贫问苦的点滴细节？
你"只要有信心，黄土变成金"的热血光芒

你从人民心里走来
幸福生活奋斗种，小康承诺行路上

施齐文、江五全、刘福有、徐学海
陈泽平、汪能保、胡玉保、三木吉、马科
吉地尔子、孙观发、张国利、李发顺
谭登周、唐荣斌、左香云、彭夏英……
哪一个脱贫家庭。没有你手握手的关怀勉励、嘘寒问暖
你"我将无我，不负人民"的夙夜在公、情怀满腔？

你是驻村干部精准扶贫的指南针、领航者
激励大家顽强拼搏、战天斗地、攻坚克难
乡村振兴。一针一线绣出了日子的金太阳、银月亮

你是人民脱贫攻坚的点金人、定盘星
教会贫困群众静心凝神、细处着力、因地制宜
脱贫摘帽。十四亿张笑脸，装帧成一面你最心仪的画框

从长江到黄河，从大小兴安岭到秦岭，从城市到乡村
从林草山川到江河湖泊，从能源转型到生活空间
你将绿色足迹。留在了祖国的南北大江
你念兹在兹的。系统擘画美丽中国建设蓝图
一座座中国最美乡村、中国森林城市、中国文明城市
中国卫生城市的金山银山。正笑逐颜开吐露梅花香

六

是怎样的一种忠贞
让你的鲜血，像杜鹃花一样怒放
因为有一种情怀，如此真挚、清朗——
党耀中华，吾心所向

是怎样的一种薪火
让你的生命，如喷薄朝阳
因为有一个回答，如此坦荡、响亮——
党耀中华，我行必往

是怎样的一种激情
让你的吟唱，更诗意铿锵
因为有一种共鸣，张开了翱翔的翅膀——
党耀中华，天地恒昌

是怎样的一种信念
让你的胸襟，比大海还辽阔无疆
因为有一首颂歌，敞开了世界的胸膛——
党耀中华，祖国芬芳

以共产党人的名义

周启垠

经历过冬天的寒冷才知道春天的温暖

经历过黑夜的漫漫才知道黎明的可贵

还记得那南湖吗？还记得那一艘带来曙光的小船

毛泽东　何叔衡　董必武　李汉俊

就在那飘摇的水上　在飘摇的世界

给中国的大地　一个庄严的承诺——

那些压迫我们呼吸的　要统统推倒

那些禁锢我们精神的　要统统焚烧

那些让我们做牛马的　要统统灭掉

共产党人　要带领苦难的人民　成为世界的主人！

"试看将来的环球　必是赤旗的世界！"

那是怎样伟大的声音！地在动　山在摇　江河在咆哮

共产党人舒展筋骨发出钢铁般轰响的号召

民族觉醒　工运兴起　轰隆隆的队伍北伐

星星之火　燎原之势　不可阻挡

万里长征为革命写下悲壮　雄浑的诗稿！

当红色的光芒照耀了全球

无数弱小的人们啊　直起了腰

无数饥饿的肠胃啊　解决了温饱

即便战争的烽火燃遍了寸寸热土
胜利的旗帜　在庄严的广场上最终呼啦啦地飘！
人民起立　中国起立　无产者起立
中国　走向了社会主义的光辉大道

看哪　那些欢呼的启动了热烈的嘴唇
那些耕耘的甩开了健壮的臂膀
那些建设的敞开了宽广的怀抱

路就是这样开创　歌就是这样涌向高潮
强国的序曲在人民大会堂回荡
古华夏的天空飞翔着欢快的鸽哨……

站起来　富起来　继往开来
满怀豪情　我们向着未来……

以共产党人的名义呀　我们开辟未来！
给世界以花朵　给大地以芬芳
给人民以安宁　给国家以富强

血雨腥风里　我们固守被炮火轰击的阵地
和平阳光下　我们坚定最初的追求和梦想
如果有失误　实事求是　我们改正错误
如果有顾盼　认准目标　我们永远向前
"人是最可宝贵的财富"　我们的希望和信念
紧紧地和人民站在一起　为人民服务！

请相信　如果黑夜还是那么朦胧　人的脑袋　脖颈

百
年
颂
歌

结实地包裹在已经破烂的衣服里

从衣服里伸出来的手还是那么畏畏缩缩 颤颤抖抖

那带着灰尘的手指指向头顶 又缩了回去

那肯定已是被压迫的过去 那是一去不复返的过去！

以共产党人的名义啊 我们开辟未来

不管过去是多么的曲折和痛苦

不管生活是多么的清贫和朴素

只要血还在流 只要风还在吹 只要大地还在绿

我们就要高举着光明的火把

让所有的青春都焕发异彩 让所有的叹息都化作尘埃

有力量的 请施展出来

有风雨的 请倾泻下来

有雷电的 请轰鸣起来

啊 父亲们 着装何等整齐 举止何等端庄

啊 母亲们 倚在门窗 望着远方

优秀的儿女们志在四方

天地是如此的广阔 到处是驰骋的疆场……

是的 是的呀 以共产党人的名义

"三个代表"就是我们神圣的大旗

飘在空中的旗 飘在黄土黑土红土上的旗

飘在世界之巅的旗啊……

听一听吧 五十年 六十年 八十年

一百年 一千年 那呼啦啦响动的旗

鸣奏出人世间最美的旋律

"为人民谋福利 没有别的特殊权利"
那在田间地头 在工厂矿区 在天山南北 在长城内外
每一个共产党员 都是在为更多的人不断走向富裕

呵 那回声 波浪 玫瑰的香气 合欢树的狂舞
云朵的飘逸 河岸的岩石都进入我们的呼吸
我们的呼吸间是更多的人更多的幸福更多的欢乐

我们是共产党人啊 面对冉冉升起的太阳
我们带着辉煌的梦想
沿着金光灿灿的大道 奔向鲜花开放的远方！

我是共产党员，我没有忘记

梁　南

我是共产党员，我没有忘记，
没有忘记……

我纯洁。纯洁的岂止是我的衣衫躯体？
还有我的目光，我的思索，我的希冀。
没有愚昧的因袭，没有腐腥的痕迹，
我是探索的前驱，我是金玉的启明星。
我的摇篮由人民交织的手臂编就，
我的褓裸由人民期待的眼光织成。
我不准，不准
任何人盗窃人民一根毫毛去做交易，
如果有一只强盗的手向空间高举，
我会砍掉它，即使我的也被砍去。

我是共产党员，我没有忘记，
没有忘记……

也许我有不幸有痛苦有悲剧，那只是
寄生在理想上的虫蚁，我会用春水梳洗。
幸而我一切痛苦欢欣都和大家连在一起，
因为，我的血管仍在母亲党的怀里。

我不归属昨天，我不归属旷古的坟茔。

我是不竭的流泉，我是永远萌芽的力，

我是刚点燃的火炬，我是人人吮吸的空气。

我厌恶世俗的享乐，我憎恨掮客的哲理。

共产党人的品质宛如美丽的初雪，

我制止在上面书写一切污秽的字句。

我是共产党员，我没有忘记，

没有忘记……

我应该是一棵树，发出春天的消息；

我应该是一丛花，芬芳中国的环境；

我甚至也是寒微的草，恳切地匍匐着，

为着抚爱我的至亲——人民的大地。

当我成熟为一粒红色的种子，信仰，

就构成我生命的属性，我生我长，

信仰把我滋润，使我终生在赶追求的目的。

我不选择轻便的熟路前进，我不！

如果我觉得我的理想属于真理，

即使踏着刀尖，我也走去。

我是共产党员，我没有忘记，

没有忘记……

我是从古猿人以来最有远见的人群，

我的视线透过蔓芜的世界历史，

看到一代代被笞红的驼背到我才停止，

但还有贫民窟的荒唐，乞丐的泪，苦力的血……

啊！共产党员，这不是桂冠，不是封爵，
这是先烈穿越血火时用灵魂铸造的旗！
当我记得我是一个特殊材料制造的人，
我在绞刑架上笑，我在逼近的刺刀前挺起，
我崇高是由于脚底真理为我奠基，
我无敌是由于我来自战斗的群体……

我没有忘记：我是共产党员，
没有忘记……

一个共产党员的思索

梁谢成

最近一个时期，我，一直在思索着这样一些问题

——作为一个共产党员，

我的名字和这个光辉称号是否存在距离？

还有，为什么现在仍需要共产党员？

以及，共产党员今天应该具备什么样的品质？

……

或许，有人会说：这样想大可不必；

或许，有人会说：想这些未免多余……

而我，在这里却要大声回答——不啊，不！

作为一个共产党员，

这样想，想这些

——在今天仍然还是当务之急！

是的，我并不否认：历史的脚印已经成为陈迹，

但是，我也不承认：我天生就有怀旧的怪癖。

当往事像潮水一般不断冲击着我记忆的堤坝，

我的眼前怎能不卷起昔日的波涛、岁月的风雨？！

……

啊，我想起——两军对峙，弹雨横飞，天暗云低……

突然，一个身影越出战壕向前冲去！

他，用自己的胸膛堵住了敌人碉堡的枪眼，

他，倒下去了！手里还攘着杀人的武器……

——他是一个共产党员，他在用自己的身体

把通向胜利的道路开辟！

……

啊，我想起——白色恐怖，漫天飘洒腥风血雨……

突然，一阵阵脚镣声像沉雷怒奔滚过大地……

他，用闪电般的目光扫视着持枪的刽子手，

他，把一个永恒的笑容留给了自己的父老兄弟……

——他是一个共产党员，他在用自己的生命

为新中国的大厦奠基！

啊，我想起——雪山、草地，日夜转战，马乏、人疲

……

突然，传来命令：停止前进，就地休息！

他，把自己的水壶悄悄地递到战士的手上，

他，为熟睡的士兵轻轻盖上自己的大衣……

他是一个共产党员，他在用自己的行动

把关怀和温暖送到他人心里……

啊，我要说——这些人都是我的先辈，

他们的榜样都曾给过我巨大的激励。

我，过去就是沿着他们的足迹走向革命，

跨过了一重重障碍；踏平了一丛丛荆棘……

而今天，忘记他们？远离他们？背叛他们？——不！

作为一个共产党员，我，怎么能有这样的权利？！

是的，我不否认，今天已经跨进新的历史时期，

我，也和所有的人一样都有许许多多最美好的希冀——

我盼望着：改革的浪潮将汹涌澎湃、席卷大地；

我盼望着：人民的生活将逐步改善、普遍富裕；

我盼望着：电动机车的车轮

　　　能早日在高速铁路上飞快地转动；

我盼望着：拖拉机的吼声

　　　能完全代替老黄牛的喘息；

我盼望着：用大批电子计算机

　　　来计算国民经济巨变的增长率；

我盼望着：用智能机器人

　　　来做每个家庭的仆役……

啊，甚至——我也盼望着：我自己能有一幢宽敞的小楼，

最好，要备齐地毯、壁毯，以及空调、吸尘器……

我还盼望着：我能有电冰箱、三用机和彩色电视……

并且，最好再有一辆菲亚特轿车随时供我驱驶……

啊，——不是我在这里想入非非、胡言乱语，

因为——幸福生活的蓝图，对谁没有巨大的诱惑力？！

作为一个共产党员，

我，不担心——过剩的物资撑破国库难于处理，

而是忧虑——赤字膨胀加大我们业已落后了的距离！

当然，我更知道——四个现代化

　　　不能只是挂在嘴边和笔尖上，

因为——美好的憧憬

　　　毕竟代替不了真切的现实！

这就是为什么在今天仍然还需要共产党员，

这就是为什么每个共产党员都必须忠于职守、尽心竭力！

……

啊，我也看见——技术攻关，争分夺秒，夜以继日……

突然，一个身影扑在桌子上追索数据！

他，眼睛里布满了一道道通红的血丝，

他，晕倒了，手里还攥着磨秃的铅笔……

——他是一个共产党员，他在用自己的智慧

　　把通向现代化的道路开辟！

……

啊，我又看见——脚手架前，灯光似水洒满工地……

突然，一声朗笑划过夜空飞向天际。

他，肩上挑着一摞砖瓦一桶水泥，

他，脚步矫健踏着跳板向上攀去 ……

——他是一个共产党员，他把自己的一身汗水

　　最先砌进了大厦的躯体！

……

啊，我还看见——拨乱反正，重点转移，困难林立……

突然，传来消息：分配住房，调整工资 ……

他，不让自己的名字在住房申请卡片上有立足之地，

他，又把自己的名字从涨工资的名单上悄悄地勾去！

——他是一个共产党员，他把群众的利益

　　时时看得高于自己……

啊，我要说——这些人都是我的同辈，

他们今天正与我在一起同时进行呼吸。

然而，我与他们之间竟然拉开了一大截距离，

看到这些，怎能不令我感到脸红耳热、羞愧焦急！

是的，我也是一个共产党员，

入党那天，也曾背诵过庄严的誓词，

我没有理由为自己的落伍去进行开脱，

更不应该用堂皇的借口来原谅自己！

我，只能老老实实彻底敞开自己的心扉，

让这些先进的形象排成纵队不断走进我的心里！

啊！此刻，我深深感到——
在事业的森林里我只是一枚微薄的叶片；
在集体的海洋里我只是小小的水珠一滴！
离开了森林，我的生命必将枯萎并飘摇零落；
离开了海洋，我的理想必将化作干涸的沙泥！
所以，作为一个共产党员，
我，不能够追求一丝一毫特殊的待遇，
我所应该去做的——只能够是
　　在自己的岗位上用党的标尺衡量自己。

啊！在长空飞过的雁阵里我应该是领路的头雁——
迎着春光永远鼓动不倦的羽翼；
在隆隆前进的列车上我应该是牵引的车头——
沿着轨道永远带动身后的车体！
作为一个共产党员，我
不能够躺在沙发床上去品味安逸，
我的责任是奋起、搏击——
不断在征途上挥汗如雨！

作为一个共产党员，我
任何时候都不能够伸出双手为自己谋取私利，
我的义务将永远是为大多数群众
　　把幸福的乐园开辟！
只有这样，在先辈面前
　　我才不会因为羞愧感到脸红，
只有这样，在同辈面前
　　我才不会由于落伍感到焦急！

啊——严冬过去冰雪消融；

啊——万物复苏春归大地……

当我站在春日的峰峦之上举目环视，

我的祖国啊，到处都在洋溢着青春的活力、蓬勃的朝气、

　　旺盛的生机……

那陌上的杨柳正频频向我亲切地招手，

千万只手臂正高高举起——理想的明灯、希望的火炬、

　　信念的大旗！

于是——我，满怀信心在辽阔的大地上继续留下自己的

　　足迹，

追踪先辈，追赶同辈，像他们那样——挺胸昂首、勇往

　　直前、奋斗不息！

作为一个共产党员，我对自己选择的这条道路

　　由衷感到光荣，永远感到骄傲，

因为——我所要奔向的最终目标是

　　人类社会中最先进、最完美、最理想、最光辉灿烂的

共——产——主——义！